LES LARMES
DU PÈRE NOËL

Du même auteur

S'il te plaît, emmène-moi chez toi, Fixot, 1991.

Marie-Jo Audouard

LES LARMES DU PÈRE NOËL

Avec la collaboration
de Marie-Thérèse Cuny

document

FIXOT

Couverture : page 1, André Gallant The Image Bank;
page 4, Sylvie Lancrenon.

À Julien

À Christine
À Sébastien
Pour leur compréhension,
pour le partage.

Cette fois ça y' est je peux plus m' taire y' a dix mill' chagrins que j' me noie à cache-tampon à cache-misère je donn'rai tout pour que tu sois là.

Mon impréféré

MICHEL JOUVEAU

Merci à Évin et à Thérésou pour le travail, pour la complicité, et pour tant d'amitié.

Merci à Jean Maris, sans qui cette classe n'aurait pas existé.

Poudre aux yeux

C'est une école traditionnelle, verte et blanche, avec un parking pour les voitures. Traditionnelle, pas tout à fait, pourtant : elle abrite deux classes réservées aux enfants aveugles.

Je gare ma voiture. Un portail, grand, par où passent les enfants qui voient et, au bout d'un couloir, tout au fond des locaux, une porte grise, par où passent les enfants aveugles. Une porte triste, qui contraste avec l'aspect général du bâtiment. Comme si, pour ces enfants, l'aspect des choses était sans importance. Pourquoi peindre gaiement une porte qu'ils ne verront pas ? Mais pourquoi pas ? C'est peut-être idiot, mais ça me choque.

Ils sont aveugles. Certains de naissance, d'autres pas, certains sans autre handicap, d'autres avec, je n'en sais pas plus. Mais un peu de couleur n'a jamais fait de mal à personne...

Deux classes en enfilade ; portes, entrée, passage entre les deux classes... rien n'est fermé. Je me présente à une collègue :

– Bonjour, on m'a attribué la classe des enfants aveugles polyhandicapés pour la rentrée de septembre. Je crois que nous allons travailler ensemble, je m'appelle Marie-Jo, et toi ?

La réponse est sèche, le ton outré :

– On m'appelle Mme Malidovit !

L'extraordinaire gentillesse qui émane de cette femme contraste tellement avec la mise au point et le sursaut qu'elle a devant mon tutoiement intempestif, que j'éclate de rire.

Mme Malidovit me guide. Appellation officielle : « agent technique de service ». En fait, c'est la maman de service, la nounou des enfants. Elle est là depuis sept ans, elle les connaît par cœur, c'est donc elle qui me présente d'abord la première classe, celle des enfants aveugles scolarisés, où officie une institutrice.

– Voici la maîtresse, Mireille. On l'appelle Plume-Plume !

Curieux nom d'Indien. Je comprends aussitôt pourquoi. La trentaine, cette petite poupée blonde, sympathique, aux cheveux frisés porte dans les cheveux une plume assortie à la couleur de ses vêtements... Elle me paraît aussi légère que sa plume, quarante kilos toute mouillée.

Mme Malidovitch enchaîne sur les surnoms :

– Moi, c'est Dovit, pour Malidovit. Les enfants m'ont baptisée comme ça.

Dovit, Plume-Plume, quel nom va-t-on m'attribuer ?

Dovit a environ quarante-cinq ans. Solide, on la sent dans la force de son âge ; je la perçois comme un roc d'intuition et de tendresse sereine. Les gosses doivent l'adorer.

– Dans la classe de Plume-Plume, les enfants ont une scolarité quasi normale. Ils apprennent le braille sur des machines Perkins.

Les enfants, immobiles, sont à l'écoute d'une présence nouvelle. Je les découvre un à un.

Véronique, neuf ans. Elle est scolarisée depuis seulement un an. C'est une petite fille ronde, boulotte même, qui porte des lunettes... Je me demande à quoi elles lui servent. Je pose la question à voix basse. Dovit me répond que la famille le souhaite. D'ailleurs, Véronique ne veut pas s'en séparer et s'y accroche comme à un bâton blanc, une protection rapprochée, un écran de plus dans son obscurité. Ses yeux ne sont pourtant pas gênants : marron, regard clair. Pourquoi l'attifer de ce masque inutile ?

– Ils ont l'impression, dans sa famille, qu'elle n'a pas l'air aveugle comme ça, juste malvoyante. Au-dehors, ça les arrange sûrement.

Alexandre, sept ans, immense pour son âge, et costaud lui aussi. J'imagine au premier coup d'œil, comme ça, que ces enfants doivent compenser par la nourriture. Ce doit être important, pour eux, la « bouffe », un plaisir auquel ils ont droit comme les autres.

Alexandre est dérangeant, il m'est difficile de le regarder. Deux yeux en forme de petites fentes sanguinolentes, complètement enfoncés dans les orbites. On les devine plutôt qu'on ne les voit. Dovit me souffle :

– Il a toujours les yeux malades, irrités, ils coulent sans arrêt.

C'est à lui qu'il faudrait offrir des lunettes, mais il n'en porte pas. Cette absence de regard dirigé vers moi est presque insoutenable. J'ai l'impression que cet enfant me voit, et qu'il voit que j'ai peur de lui... J'ai terriblement honte.

– Il vous a vue... à sa manière.

Dovit devine tout.

Je suis complètement bloquée, tétanisée par une peur à laquelle je ne m'attendais pas. C'est pourtant moi qui ai demandé ce poste, forte de mon expérience avec ma petite grand-mère de musique, cette femme aux cheveux blancs qui a perdu la vue à soixante-quatorze ans et à qui je donne des leçons d'orgue depuis un an. Je l'ai vue pleurer en jouant ses premiers morceaux, pleurer de joie devant ce nouveau bonheur de vivre, oublier pour un temps qu'elle est définitivement condamnée au noir... Je me croyais solide, mais là, j'écoute Dovit me décrire Alexandre comme si c'était moi l'aveugle.

– Il parle beaucoup et s'exprime remarquablement bien, comme un adulte, mais il est totalement perdu dans l'espace. Il ne peut pas faire deux pas autour de sa chaise sans paniquer, il faut qu'il s'accroche, soit à la table, soit à quelqu'un. Il ne sait rien faire seul. C'est un esprit ouvert, intelligent, dans un corps complètement handicapé. Il est nul en maths également, incapable de dire combien font deux et deux ! Par contre, il pourra parler de Montaigne ou de

Racine, il est capable de dire que telle préfecture compte deux cent mille habitants... Il engrange des montagnes d'informations. Le grand mystère, c'est pourquoi il ne parvient pas à se situer un peu dans l'espace.

Alexandre se tient comme au bord du vide, comme si, en faisant un geste à droite ou à gauche, il allait tomber dans un précipice.

Auprès de lui Yves, huit ans, donc plus âgé, mais deux fois moins gros. Une crevette pour son âge, mais l'air d'un fonceur. Lui, il avance sans problème dans l'espace, jamais les mains en avant, sûr de lui, dans un monde qu'il a l'air de connaître parfaitement.

Ce petit bout d'Yves est un débrouillard, le contraire de son copain Alexandre. L'un fonce dans le vide avec une belle inconscience, l'autre y demeure suspendu, paralysé d'angoisse. L'un a deux blessures sans regard, l'autre une paire d'yeux noisette tout ronds, d'une curiosité permanente, incessante, vaine, tragique.

– Yves a eu les yeux brûlés en couveuse. Il a un frère jumeau qui, lui, n'a pas de problème. C'est peut-être pour ça qu'il fait les quatre cents coups.

Je me demande quel genre de quatre cents coups peut bien faire une petite crevette aveugle de huit ans...

Le dernier, c'est Christophe, quatre ans, autre crevette blonde. Cheveux en brosse devant, une queue de cheval derrière. Un look de rocker de nursery. Impressionnant. Un œil bleu normal, presque marine, qui ne voit rien, et l'autre énorme, entièrement bleu clair, sans pupille, sans iris, une sorte de bille terrifiante, mais qui, elle, perçoit des ombres.

Sa maman n'a que lui, mais elle l'élève comme un gamin sans problème. Elle dit elle-même : « Je ne lui fais pas de cadeau, ce n'est pas parce qu'il n'y voit pas que je dois le chouchouter plus qu'un autre. Autrement, il deviendra insupportable, personne ne l'aimera. Et, plus tard, il en souffrira, il est déjà assez dur comme ça. »

Dovit me le décrit capricieux, râleur, comédien et farceur :

– La dernière fois, il est venu faire semblant de pleurer, en râlant que sa mère l'avait « baté ». Il avait fait pipi dans le pot de fleur de sa grand-mère, exprès ; sa mère le sait bien. Il n'y a que la grand-mère qui marche, et c'est ça qui lui plaît. Ce gosse n'arrête pas d'inventer des farces.

Je viens de voir la classe des « enfants scolaires », je suis déjà raide de panique, et il me reste à voir la mienne, mon futur champ de travail. C'est là, tout près, au-delà d'une porte ouverte, vers laquelle Dovit me guide fermement, tranquillement, après avoir essuyé de son mouchoir les orbites larmoyantes d'Alexandre, d'un geste naturel, et lui avoir planté une bise sur le nez.

Son aisance me pétrifie, je la jalouse un peu, et elle me rassure en même temps. Les gosses doivent tout accepter d'elle. Mère canard au milieu de ses canetons, elle est là la première avec le premier enfant, et s'en va la dernière avec le dernier. Son geste avec Alexandre, j'en serais incapable, j'en suis sûre, et ça me bouleverse. Cette femme fonctionne au pur instinct, sans se poser de question.

Qu'est-ce qui m'a prise de cocher cette case sur ma demande de mutation ? Pour qui je me prends ? Je suis nulle, incapable de maîtriser la trouille qui m'a prise au ventre devant ces quatre « regards »-là, dont on me dit pourtant qu'ils sont scolarisés, donc qu'ils communiquent avec les autres, et avec leurs cerveaux. Qu'ils apprennent, qu'ils réagissent normalement, ou presque, devant l'éducation qu'on leur dispense.

L'autre classe, Dovit s'en occupe pour l'instant, puisque l'éducatrice est absente pour maladie et ne reviendra pas en septembre prochain.

Je passe la porte ouverte, laissant derrière moi le murmure des enfants qui m'ont à peine prêté attention, et à qui je ne me suis pas adressée non plus.

La deuxième salle de classe est bien rangée, chaque objet est à sa place, dans un casier. Pâte à modeler, objets en plastique de toutes les formes et de toutes les couleurs, un bac avec de l'eau, des tables d'écoliers, des chaises. Trois sont occupées, les autres vides.

Les murs sont sinistres, jaunâtres, ou grisâtres, ou les deux, je ne saurais dire. On sent que l'espace et le rangement des objets ont été soigneusement étudiés pour que chaque enfant puisse s'y retrouver au mieux. Une place pour chaque chose et chaque chose à sa place... Il n'y a que moi qui me sente déplacée ici.

Les adolescents que je découvre maintenant sont plus qu'aveugles. Polyhandicapés, et de diverses façons. Eux ne peuvent pas apprendre le braille, avec eux la communication humaine est encore réduite... Mais jusqu'à quel point ?

Le premier que je remarque, c'est Bruno. Un genre de gros nounours, ramassé sur lui-même, environ 1,65 mètre pour 65 kilos. Costaud, les cheveux courts, une tête de bouledogue, une voix ronchon de gamin qui a mal mué. Il a quatorze ans. Dès qu'il me perçoit, présence inconnue, il se tasse davantage sur sa chaise. Je n'ai pourtant dit qu'un mot en passant la porte derrière Dovit : « Pardon », parce que je m'effaçais. Depuis que je suis entrée dans ces deux classes, je n'ai fait qu'écouter. Incapable d'aller vers les enfants, incapable de leur adresser un mot qui me paraisse convenable.

Bruno s'est mis en boule, épaules rentrées, front bas. Il est atteint de dégénérescence cérébrale ; un jour ses muscles, ses fonctions vitales, seront paralysés. Sa maladie progresse inexorablement. Il a du mal à se déplacer et a perdu la vue. Cette paralysie sournoise qui l'envahit atteindra un jour le cœur, et il mourra. Sa sœur est atteinte de la même maladie à un stade plus avancé. Elle est complètement alitée. Bruno, lui, n'est déjà plus très conscient de son propre état.

Avant même ce terrible résumé, Dovit m'a

prévenue qu'il fait des crises d'épilepsie effrayantes et spectaculaires. Je me vois mal maîtriser ce gros nounours râblé aussi grand que moi.

Il y a aussi deux Guillaume. Un brun et un blond, de même taille, et assis côte à côte.

Guillaume brun a le teint mat et des yeux noirs, vides d'expression, qui tournoient légèrement dans leurs orbites. Il se balance d'avant en arrière, de droite à gauche, comme s'il était en permanence à la recherche du monde de l'autre, de celui qui voit. Il se berce et se berce encore, du haut de ses treize ans. Pour provoquer l'étourdissement ? Une sensation de réconfort ? J'imagine que la nuit il se balance dans son lit et se cogne la tête dans le mur sans pour autant se réveiller, comme Philippe, ce petit garçon de neuf ans que j'avais ramené du château de la DDASS un soir de Noël... Guillaume brun attend le déclic ; c'est à l'autre de le trouver, pas à lui. C'est à l'autre de se frayer un chemin dans le mystère de son handicap, de tous les handicaps...

Guillaume blond a les cheveux paille et le teint clair. Les Guillaume se comportent comme des jumeaux qu'ils ne sont pas. Les deux Dupond-Dupont ne se quittent pas, se connaissent depuis toujours. Au premier jour de leur classe, ils étaient tout petits, on les a mis main dans la main et, depuis, ils ne se lâchent plus. Ils ont treize ans chacun.

Guillaume blond est dans le noir complet, Guillaume brun distingue des ombres. C'est-à-dire des « choses » qu'il ne peut pas décrire, mais qu'il devine et vers lesquelles il tend la main, entraînant avec lui Guillaume blond.

C'est elle, ma classe.

Trois enfants aux prises avec des difficultés intellectuelles, aveugles, non scolarisables. On se contente ici de leur donner des « activités » — jouer avec des trucs en plastique dans le bassin, tripoter de la pâte à modeler... On les « occupe ».

Je sors de la classe derrière Dovit, raide d'émotion. Elle a sorti de son sac un bâton de rouge à lèvres et un petit miroir de poche. Elle s'excuse :

– Je mets mon petit coup de trompe-couillon, sans mon rouge, je me sens toute nue !

Elle fait la moue pour étaler la couleur sur ses lèvres, et cela me bouleverse qu'elle se fasse belle pour eux, même s'ils n'en voient rien.

– Je n'y arriverai pas, madame Malidovit. Je ne m'en sens pas capable. J'ai une véritable trouille. C'est extraordinaire ce que vous faites, mais moi... je...

Elle me raccompagne jusqu'à la porte, silencieuse.

– Vous comprenez, je travaille dans l'enfance inadaptée depuis des années, j'en ai vu en détresse de tout, familiale, intellectuelle, malades, battus, marqués pour la vie, j'ai beaucoup appris, j'ai beaucoup donné aussi, je me croyais capable d'affronter n'importe quel enfant, en sachant quoi faire et quoi dire... Mais là, je ne sais plus et j'ai une trouille bleue. Ces enfants ne m'entendent pas, ne me voient pas, ne me perçoivent pas... Qu'est-ce que je peux faire ?

Dovit me tend un morceau de carton bizarre.

– Prenez ça...

– Qu'est-ce que c'est ?

– Un alphabet braille. Apprenez-le pendant l'été, il vous servira en septembre. Quand on part d'ici, on ne part pas les mains vides.

Qu'est-ce qu'elle a voulu dire ? Je me sens plus vide que jamais. Plus vide que depuis des années de travail. Je me prenais pour quelqu'un. J'étais sûre de mon savoir. Quinze ans d'enfance inadaptée, de travail social, de galères. Et finalement, devant ces gosses, je me traite silencieusement de « petite instit de merde », pas même capable d'affronter le regard d'enfants qui ne me voient pas ! Terrifiée par eux !

Ils m'ont mis le moral à zéro. En repartant à pied vers ma voiture, sous le soleil de printemps, une phrase de mon père claque dans ma mémoire. Un jour, alors que j'avais raté quelque chose, je ne sais même plus quoi, tellement la sanction m'avait crucifiée, il avait lâché : « Tu n'es que de la poudre aux yeux ! »

Il était dur, inflexible, cassant, il punissait et ordonnait, l'éducation qu'il me donnait était toujours implacable, sans concession, et je voulais de toutes mes forces réussir l'impossible pour qu'il soit fier de moi, pour exister un peu devant lui, pour qu'il me voie.

« De la poudre aux yeux. » En quittant cette école, je me sens vraiment poudre aux yeux, rien de rien de rien. Il aurait eu raison, papa. Trois mois seulement qu'il est parti, quatre-vingt-dix-sept jours qu'on l'a enterré, enfin, qu'ils l'ont enterré, moi, je n'ai rien mis en terre, rien du tout, il est toujours là, mais je ne sais plus où. Son regard méprisant pèse sur mes épaules. « De la poudre aux yeux... » Ces gosses avec leur regard vide et leur cerveau handicapé n'ont eu qu'à gratter un tout petit peu pour la trouver, cette poudre. Du vent.

J'étais arrivée heureuse, je m'étais dit, comme toujours : « Ça va être simple, je vais entrer en disant : " Bonjour les minots ", et ils vont tous se précipiter vers cette nouvelle voix, ma représentation dans le vide, mon code de l'invisible. Alors je leur chanterai une chanson, je leur apprendrai la musique, comme à ma petite grand-mère, je leur donnerai les sons, les harmonies pour rêver, je leur apporterai un autre monde d'espoir... Ce sera merveilleux, formidable, tous ces enfants qui m'attendent à qui je vais apporter la joie de vivre. » Je m'étais dit tout ça, pauvre « poudre aux yeux » prétentieuse que je suis.

Et je n'ai pas proféré un son. Je n'ai entendu que leur indifférence à mon endroit, rapidement transportée vers quelqu'un d'autre, et transformée en confiance, en amour, en belle habitude :

– C'est qui, celle-là ?

Et aussitôt, dans la foulée :

– Dovit, tu me donnes la pâte à modeler ?

Je n'existe pas. Ils ne m'ont pas vue. Ni avec

leurs yeux, ni avec leur cœur, ni avec leur corps, ni avec leur peau.

Je suis passée là, devant eux, sans exister. Par contre, eux ils sont là. Ils m'ont frappée en pleine figure, en plein cœur, en plein orgueil. Ils m'ont hurlé en silence que je n'étais pas digne d'eux, pas à la hauteur, que mon sac de tendresse et de musique avec lequel j'espérais les séduire était un sac vide.

Pauvre imbécile. Ils n'en ont pas besoin de ton sac. Ils ont des gens formidables pour les aimer. Dovit, Plume-Plume et leur aisance devant ce que j'ai ressenti comme une horreur insurmontable. Elles qui se font belles, tout en couleurs, pour exister dans leur nuit, elles qui débarbouillent, qui mouchent, qui bisoutent, comme si de rien n'était, ces enfants qui me terrifient.

Je rentre chez moi malade comme une bête et l'estomac tordu. Je vais retrouver mes fugueuses inclassables, que je croyais si difficiles à aider à vivre.

« Poudre aux yeux », a dit mon père. Je me bats contre cette boutade qui m'a blessée à vie. Ma psychanalyse à moi, ce sont mes années de travail à l'Éducation nationale, dans le secteur que je croyais le plus difficile, l'enfance inadaptée, pour laquelle je me suis battue dans tous les sens, même dans le désordre.

Poudre aux yeux se couche, ce soir de printemps-là, écœurée d'elle-même. Sans rien dire à personne. Ni au mari ni aux enfants. Et comme toujours quand elle ne peut pas parler aux autres et qu'elle n'a plus le courage d'écrire, elle dialogue avec elle-même. « Il ne saura pas que j'ai eu la trouille... Et puis tout le monde a le droit d'avoir peur. C'est peut-être nécessaire, même. En essayant de la vaincre, on peut gagner... On peut se planter aussi. Mais je me relève toujours, même si ça fait mal. J'ai appris à serrer les dents il y a déjà bien longtemps... »

L'enfant balançoire

J'ai fait des études de psychologie de l'enfant, j'ai obtenu un C.A.P. d'instituteur, j'ai suivi pendant deux ans des cours de lettres à l'université, j'ai passé un certificat d'aptitude à l'enfance inadaptée, j'ai appris la musique, que je peux enseigner, j'ai des années d'expérience dans l'éducation... Je n'arriverai pas sans bagages dans ma prochaine affectation. Et pourtant, je me sens démunie. Le seul code qu'on m'ait donné est cette feuille de carton, l'alphabet braille. Les enfants aveugles, eux, lisent avec les doigts, ils ont besoin de développer la sensibilité du toucher, ce que nous ne faisons pas ; c'est très compliqué pour eux. Nous, les voyants, nous avons un atout supplémentaire, nous pouvons lire le braille à vue. Ce printemps-là, je commence à apprendre tout par cœur. Je m'exerce à faire des points sur des feuilles de carton. Que faire d'autre ? Dans les autres classes, on arrive avec des cours bien préparés, un cartable sous le bras, des leçons à enseigner, heure par heure. Là, je n'aurai rien de tout cela, juste mon petit carton sous le bras, et encore, j'ignore si je pourrai m'en servir avec Bruno. Et les deux Guillaume ?

Leurs visages me hantent, leur absence de regard me hante. Leur absence... Comment dire ? De communication habituelle. Privé de vue, c'est une chose, difficile mais surmontable, avec le code braille, avec la parole, les sensations. Quel genre de communication peut-on avoir avec un Bruno, ou même les deux Guillaume ?

Je me traite de dingue. Je me jette toujours dans des situations infernales, et celle-ci en est une. À force de prendre mes décisions toute seule et d'essayer de les assumer, à force d'avoir peur et de faire semblant d'être solide, à force de faire semblant de recevoir et de vouloir tout donner, à force de faire semblant pour mieux me persuader d'y croire, je finirai bien par me casser la figure. Cette fois, je le crains davantage encore. Pire, je le crains absolument.

Entre-temps, je finis ma classe d'adolescentes en danger. Il me reste encore six semaines à tenir, plus les vacances à passer, avant d'affronter mon nouveau poste à la rentrée. Pendant ces six semaines, je dois essayer de cacher mon angoisse naissante, tenter d'oublier le choc que je viens de recevoir pour me consacrer totalement encore aux gamines qui restent avec moi jusqu'à la fin juin. Les vacances, ce sont les périodes les plus difficiles pour les enfants qui ne vivent plus dans leur famille. On leur propose des camps ou des colonies... encore de la vie en collectivité.

C'est tellement dur, surtout pour ceux dont les amis partent en famille, naturelle ou adoptive. Alors certains refusent à tout prix le camp d'été, comme Hélène, par exemple.

Elle a seize ans cet été-là et, dans l'année, elle a fait une douzaine de séjours à l'hôpital pour tentatives de suicide. Des vraies, pas le « suicide appel au secours » — je tente, je me rate, et on en parle, j'ai pris deux cachets de trop pour dormir, j'ai dormi, je vous ai fait peur. Non. Hélène, c'est le genre à avaler la boîte de pilules, le litre d'eau de Javel ou des produits essuie-glaces, le genre à tremper son « pétard » dans du trichlo, histoire de se brûler la gueule et les poumons, ou à se jeter du deuxième étage. Un cas désespéré. Je l'ai connue aux environs de ses quatorze ans, avec un passé de catastrophe. Familles d'accueil, foyer... Elle fuguait d'un endroit, on la mettait dans un autre. On l'enfermait à clef, elle passait par la fenêtre.

Je me suis attachée à elle, je m'attache toujours au plus dangereux, parce qu'ils sont plus en danger que dangereux. Or je vais partir, l'été se passera en famille, et à la rentrée je ne serai plus vraiment là pour guetter ses folies suicidaires... si elle survit à l'été !

J'ai déjà demandé à la prendre un week-end à la maison, avec mes enfants ; on me l'a refusé — cela ne fait pas partie des conventions de la « Maison nationale ». À la dernière réunion des éducateurs, j'ai râlé :

– Trouvez-lui quelque chose pour l'été, une aide, une structure... Elle va y rester, sinon !

Mais, comme d'habitude, j'outrepassais mes fonctions, je n'avais pas à m'engager à ceci, ou à cela, avec celle-ci ou celle-là.

La famille d'Hélène a carrément dit au juge pour enfants : « Faites-en ce que vous voulez. Nous, on ne veut pas la voir. » Une famille capable de répondre à cette gosse sortie d'un énième suicide : « Tu t'es ratée ? Encore ? Dommage ! Te loupe pas la prochaine fois ! » Je ne veux pas, en partant de ce poste, laisser Hélène dans ce désert affectif.

– Si on ne fait rien, dans six mois elle ne sera plus là pour poser de problème ! C'est décidé, je la prends ! Que vous soyez colères ou contents, que vous fassiez des papiers officiels ou pas, je m'en contrefiche, le dernier jour, je l'emmène.

Cris, tempête... Je suis convoquée dans le bureau du directeur. La conversation se passe très mal, mais je ne cède pas et, le jour de la sortie, je prends Hélène dans mes bagages.

Je m'attends aux pires représailles, à voir débarquer la police chez moi pour la reprendre... Rien. Silence total de l'administration. Tout ce bruit, toute cette fureur, ces invectives, ces conseils, ces reproches de manquement à la règle... et rien ! Tant mieux.

Ma fille a treize ans, mon fils huit, Hélène en a seize, et je me retrouve à la pouponner. Elle refuse de manger, reste pelotonnée sur le canapé et ne supporte que les bouillies. Un sauté de mouton la révulse, la Blédine la contente. Nous voilà reparties dans les petits pots de bébé ou les farines. Elle chauffe une casserole de bouillie, se réfugie sur le canapé avec sa casserole, recroquevillée, une cuiller à la main, et elle engraisse à vue d'œil. J'ai tout de même peur qu'elle régresse, et qu'elle ne se mette à faire des areuh...

Il lui fallait juste un temps d'observation derrière ses bouillies de bébé. Dès qu'elle comprend que personne ne lui veut du mal, qu'elle est en sécurité, qu'on ne la remet pas en question, que l'on s'occupe d'elle, même si elle ne fait pas le bébé... alors, tout doucement, elle récupère ses seize ans, son adolescence. Je l'emmène en discothèque, elle reprend petit à petit le parcours de son âge : elle travaille, elle m'aide à tenir la maison, à faire des petits travaux de décoration. Je lui donne de l'argent de poche, et, un beau jour de fin d'été, elle s'envole. Mais en prévenant, cette fois. Elle a rencontré un garçon, il vend des vêtements de cuir, elle voudrait partir avec lui. Puisqu'elle a demandé, avant de fuguer, j'estime avoir gagné aux points le match de l'été. Elle a reçu sans problème une réponse positive à sa demande d'émancipation, signé son refus de rester pupille de l'État, et la voici partie avec Georges, le marchand de cuir. J'ai la gorge serrée pendant qu'elle me sourit dans la voiture qui s'éloigne. Je pense à la période bouillie dont elle vient à peine de sortir, à ses seize ans recroquevillés sur le canapé du salon.

– Reviens si ça ne va pas ! Je t'attends, tu le sais. Appelle souvent, donne des nouvelles...

Quoi qu'il se passe, appelle, mais ne fais pas de conneries !

Septembre. Je suis toujours avec mon alphabet braille. J'avais enfoui provisoirement ma trouille au soleil, mais la revoilà. Cette fois, c'est le grand plongeon. Il y a toujours un matin où l'évidence vous rattrape. Où il faut monter dans sa voiture, faire le parcours, se garer devant l'école, traverser la cour déserte, et pénétrer sur le champ de bataille.

Je franchis la porte grise, mon carton de braille sous le bras, rien d'autre. Je ne me sens même pas légère, mais faible, vide. J'aurais dû prendre quelque chose, un cartable, des bouquins, histoire de me donner bonne contenance. Je n'ai que cette feuille de carton avec ses petits trous. Maigre bagage.

Dovit est déjà là. J'ai garé ma voiture près de la sienne pour me rassurer. Ne pas entrer seule, même si la classe est encore déserte.

Dovit a un passé avec eux, un rythme, un amour en commun, des joies et des peines partagées. Elle connaît les familles, les enfants, l'histoire de chacun, elle navigue ici comme une bouée parfaite. Moi, je n'ai rien en commun, ni avec elle ni avec eux. Je suis une feuille blanche. Je ne suis pas chez moi, les enfants ne sont pas encore à moi, je ne fais pas partie d'eux, ils ne m'aiment pas encore, il va falloir gagner tout cela en bloc.

Ces enfants-là sont différents de ceux dont j'ai eu la charge jusqu'à maintenant. Et les liens qui sont à créer, je ne les imagine même pas.

Mme Malidovit, Dovit, installe ses machines Perkins. Elles sont grises, et bizarres, froides, rien n'y est inscrit. Ce sont des prothèses lugubres, pour moi. Dovit m'a dit bonjour, mais ne propose pas que je l'aide, et je n'ose pas le lui demander. Alors je m'assieds à une table et je recommence à étudier mon alphabet, c'est tout ce que je sais faire pour l'instant.

J'ai mal à l'estomac, j'ai mal dormi. Une idée m'a tarabiscotée dans ce noir de la nuit. Je vais me trouver avec des gosses auxquels je ne pourrais pas dire comme aux autres : « C'est pas grave ! Tu verras, ça va s'arranger ! » Pour eux, rien ne s'arrangera. Et je ne peux même pas leur dire : « Tu verras. » C'est ridicule ce mot ! Il y a plein de mots que je ne pourrai pas employer : « Montre-moi ça », ou « Imagine », ou « Regarde... » Je vais faire des gaffes sans arrêt. J'en suis malade d'avance.

Huit heures et quart. Dovit dresse l'oreille aux premiers pas dans le couloir, et son visage change aussitôt. Elle sait qui arrive, moi non. Elle sait réellement, au son. Je le vois à son regard, au sourire qu'elle a en se dirigeant vers la porte, pour accueillir Bruno.

Au printemps, je l'avais vu assis. Cette fois, il arrive « déplié », peut-être plus impressionnant encore. Il a la tête rentrée dans les épaules, et de travers, sur le côté, comme si elle était posée sur une épaule, collée, rivée. Et il marche dans le sens où sa tête est tournée. En crabe. Je m'attendais à ce qu'il avance en essayant de se repérer avec les mains, mais non, il traîne les pieds et tend son épaule en avant comme pour se protéger d'un coup éventuel. Je me souviens alors qu'il n'a pas perdu la vue depuis longtemps et n'a pas pris les réflexes de ceux qui n'ont jamais vu et se dirigent en se repérant aux objets qui les entourent. Bruno ne sait pas se repérer, il n'y pense même pas, c'est pour cela qu'il pare le coup qu'il est certain de prendre avec son épaule.

Son père est avec lui. Un homme massif, trapu, un campagnard aux grosses mains calleuses posées sur l'épaule de Bruno. C'est la première chose qui me frappe, ces mains d'homme couvertes d'égratignures, de corne, des mains qui travaillent dur et tentent de diriger délicatement son fils. Il s'est endimanché pour ce premier jour. Le costume est étriqué, les manches trop courtes, il ne doit pas le sortir souvent du placard depuis son mariage. Il est visiblement content de nous ramener son fils. Et Bruno a l'air heureux, aussi. Au son de la voix de Dovit, il tend vers elle, avec un visage transformé, un vieux cartable de cuir marron. Il tape dessus vigoureusement en criant :

– Azeu ! Azeu !

Abasourdie, je me demande à quoi correspond ce qui ressemble à un rite. Dovit prend le cartable d'une main, Bruno de l'autre. Elle le guide vers la table en lui parlant :

– Ne tape pas là-dessus comme ça, tu vas faire une omelette, bourricot !

Puis elle ouvre le cartable, en sort une petite boîte en carton de six œufs.

– Petite maman a mis des œufs pour Dovit ? C'est gentil, ça ! Merci, mon Bruno !

Je tente une intrusion, ma première dans ce cercle fermé. Je m'approche de Bruno pour, avec les meilleures intentions, tenter tout de suite d'améliorer son élocution :

– On dit : « Il y a des œufs ! » Des œufs. Essaie, Bruno !

Il rentre encore un peu plus la tête dans les épaules, et bougonne de sa grosse voix :

– Azeu !

Dovit s'amuse dans son coin.

– Ne le contrarie pas, toi ! Si y'a zeu, y'a zeu !

Et Bruno tout content répète :

– Azeu, Dovit !

J'ai foiré, comme on disait dans ma classe de fugueuses. Je ne me suis même pas présentée au gamin, et Dovit a tout de suite pris la situation en main. Elle va chercher un panier avec de la pâte à modeler et le lui glisse dans les doigts. Il est immédiatement apaisé, alors que je me sens toute bête avec ma tentative d'apprentissage.

Pour me faire pardonner, je m'approche de lui, et pose une main sur son épaule. Immédiatement, je me retrouve projetée trois mètres en arrière par un coup de coude dans l'estomac. Dovit rit à s'en tenir les côtes, moi j'essaie de reprendre mon souffle.

– On n'approche pas de Bruno comme ça, Marie-Jo. Pas sans prévenir !

Le gamin sent qu'il a fait une bêtise, croise ses bras sur la table et plonge la tête dedans. Dovit s'approche :

– Alors, petit bourricot ? On fait du mal à Marie-Jo ? À sa petite maîtresse ? C'est pas gentil, ça !

Elle m'attire vers le gros nounours, tête dans les coudes, et pose ma main sur la grosse patte qui vient de m'envoyer contre le mur avec une force incroyable.

– C'est Marie-Jo, ta maîtresse.

Pas de réponse. Puis au bout d'une éternité, pour moi, Bruno répète, toujours bougon :

– Mujo !

C'est idiot, mais ça me fait plaisir. Le diminutif que Bruno m'a offert n'est ni un surnom d'amitié ni un mot de tendresse, il est totalement involontaire. C'est juste un défaut d'élocution, une impossibilité à s'exprimer correctement, et pourtant, je me sens rassérénée grâce à lui. Me voilà baptisée. Je fais partie du groupe, de leur groupe. Du coup, si l'on peut dire, j'oublie ma maladresse, le geste de rejet du gamin, et je me sens envahie d'une immense bonne volonté. Je suis Mujo, Mujo je resterai. Comme Dovit ou Plume-Plume.

Après cet intermède douloureux pour moi, où j'ai tout de même fait connaissance avec Bruno, à la manière de Bruno, tout va très vite. Les enfants de la première classe, celle des scolarisés, arrivent tous en même temps. Ils sont quatre ou cinq, les mains en avant, la tête en l'air, la bouche ouverte comme s'ils cherchaient à avaler un point de repère. Ils avancent, Yves, Véronique, Alexandre, et ils demandent, parce qu'ils savent déjà :

– Elle est là Marie-Jo ? Et Plume-Plume ?

Elle arrive en même temps qu'eux, Mireille, un peu essoufflée et les joues roses d'avoir couru. Elle est impeccablement moulée dans un collant bleu ciel, l'imparable petite plume bleue dans ses boucles d'oreilles. À mon adresse, un grand sourire, un clin d'œil. Puis elle entraîne ses minots dans sa classe avant que j'aie eu le temps de leur répondre. C'est à Mireille, maintenant, qu'ils répètent leur question :

– Elle est là, Marie-Jo ?

Je suis tellement performante, tellement brillante, qu'ils n'ont même pas senti ma présence ! Moi qui croyais au sixième sens, je vais bientôt m'apercevoir qu'il n'y en a pas. C'est à moi de faire quelque chose, de bouger, au lieu de rester collée de trouille au mur, sans trouver quoi dire pour être reconnaissable.

Les deux Guillaume arrivent en même temps, main dans la main, et se plantent dans le couloir. Cette fois, il faut que je me manifeste :

– C'est fini les vacances ? Alors, comment ça s'est passé ?

Banal, nul. Privée de leurs regards, je me sens intellectuellement nue comme un ver.

Guillaume brun se balance très fort ; une sorte

d'excitation qu'il veut ainsi transmettre à l'entourage. Le plaisir de retrouver la classe. C'est lui qui répond :

– C'est fini. Pas vrai, Dovit ? C'est fini, les vacances !

Dovit les prend dans ses bras tous les deux, comme des tout-petits, elle les touche, les palpe, leur parle, les guide vers leurs tables, jumeaux collés dans sa tendresse.

Les autres sont dans leur classe avec Plume-Plume, tout en sourire, qui sort son matériel, des feuilles perforées, des cartables, des boudins à relier, toutes ces choses qu'elle a préparées pour eux.

Il n'y a pas de porte fermée entre nos deux classes, et que ce soit Plume-Plume, Dovit ou moi, nous allons mêler plus ou moins nos compétences et nos efforts pour aider les enfants. Passer d'une classe à l'autre leur est normal, habituel. Plume-Plume enseigne plus conventionnellement que je ne pourrais le faire, Dovit est en principe chargée du côté technique, matériel, mais, ici, personne n'a plus de statut, de fonction programmée, ici les enfants s'entremêlent et leurs problèmes avec.

Je reste seule avec Dovit, face à mes trois « non scolarisables ». Ceux que l'on m'a chargée non pas d'éduquer, mais d'occuper. D'essayer de rendre autonomes dans la mesure de leurs possibilités. C'est-à-dire leur apprendre à s'occuper d'eux-mêmes dans quelques petites tâches matérielles. Renouer son lacet, enfiler sa veste, se moucher...

Ils ont un niveau de maternelle. Ils ne savent rien, ni une lettre ni un son. Ils jouent avec des canards en plastique dans une bassine, ils triturent de la pâte à modeler, ils collent des petites gommettes sur des dessins.

Perdu pour perdu, je suis bien décidée à essayer de leur apprendre quelque chose. Au fond, je suis comme eux : au niveau zéro. Nous ne risquons rien. J'ai appris l'alphabet, le courage me revient avec l'idée de leur enseigner les lettres.

Bruno marmonne encore « Mujo ». Les deux Guillaume tentent de le rectifier, puis abandonnent. Pour eux aussi, je serai « Mujo ». Je ne suis toujours pas adoptée. Mais j'ai une étiquette, un signe de reconnaissance. Je ne suis plus invisible, j'existe.

Et j'attends le quatrième enfant que l'on nous a annoncé. Lui, je ne le connais pas, je sais qu'il a six ans, cela va faire un sacré décalage avec les autres. Il s'appelle Gauthier. Il est aveugle de naissance et autiste profond.

Sa maman nous l'amène beaucoup plus tard dans la matinée. C'est elle que je vois en premier. Maigre, les cheveux courts coupés au carré, les yeux enfoncés, épuisée, au bout du rouleau. Elle fond en larmes. Dovit tente de la réconforter :

– Faut pas vous inquiéter, on va s'en occuper, il sera bien ici.

La sollicitude de Dovit n'a d'autre effet que celui d'accentuer le désespoir de la mère :

– Il n'a que six ans, mais j'ai cinq autres enfants derrière lui...

Et elle fond de nouveau en larmes. À mon avis, il y a de quoi. Si lui, c'est l'aîné, les autres, ça fait quelque chose comme cinq ans, quatre ans, trois ans, deux ans et un bébé !

Après m'être éclairci la gorge, je tente timidement :

– Mais il y en a qui vont à l'école ?

– Oui, il n'y a que les deux petits qui restent à la maison, et puis je gardais Gauthier... C'est la première fois que je le laisse.

Elle pleure de plus belle :

– Vous comprenez, si vous ne le supportez pas ou s'il ne s'adapte pas, il n'y aura pas d'autre solution que l'hôpital psychiatrique. Il ne parle pas, il ne veut rien manger non plus. Vous avez vu comme il est maigre ?

On dirait effectivement un squelette ambulant. Il a la bouche ouverte, il bave copieusement ; à en juger par les petits points noirs qui dépassent irrégulièrement de ses gencives, il n'a pas une dent valable dans la bouche...

La maman reprend, après s'être mouchée :

– Il ne fait rien d'autre que hurler et se balancer à longueur de nuit et de journée. Il se tape la tête contre les murs, il mord sa sœur quand elle essaie de s'en occuper, il casse tout ce qui passe à portée de sa main, arrache le papier sur les murs. Quelquefois, il sort de sa chambre et vide le frigo. Il jette tout par terre et écrase tout, comme s'il voulait nous dire que c'est exprès qu'il ne mange pas. Il y a de quoi devenir fou ! Quand il ne tient plus debout on l'emmène à l'hôpital, où on le nourrit à l'aide d'une sonde gastrique... Vous croyez que c'est parce qu'il est aveugle qu'il fait tout ça ? Il crie sans arrêt, je n'en peux plus, je n'en peux plus !

Moi, je prends le tournis, et mon courage commence à fondre. Je venais juste de me dire : « Bon, celui-ci est tout neuf, il est comme moi. À nous deux, on va s'apprivoiser et apprivoiser la classe. Dovit a tellement l'habitude des trois autres qu'il me faudra du temps pour être utile, me faire aimer, trouver le mode d'emploi de chacun. Gauthier, c'est une page blanche de six ans, qui ne sait rien du passé de cette classe, rien de moi, on va démarrer ensemble. » Cette idée me remontait un peu le moral dans mon désarroi du premier jour. Mais au récit de la mère, mon petit courage fout le camp.

La mère pleure, l'enfant se balance... Je me demande s'il comprend ce que dit sa mère, s'il entend, s'il ressent quelque chose... Mon Dieu, par quel bout on prend « ça » ? Ça ne parle pas, ça ne mange pas, ça ne voit rien, n'entend rien, ça refuse qu'on le touche... Terreur d'exister, négation totale.

Ce gosse est un fantôme qui traverse ma présence, celle de Dovit et du reste du monde. Ce gosse n'existe que par son balancement incessant et profond. Bien vêtu, d'un petit survêtement, propre, très propre, et je salue au passage le tour de force de la malheureuse mère de six gosses, dont celui-là. Il faut lui dire que nous allons essayer, que nous ferons tout pour le garder ici, son enfant, puisque sa seule chance, c'est ici.

Consolée, rassurée, elle sèche ses larmes, lâche la main de son fils, fait demi-tour, et s'enfuit. C'est une vraie fuite, pas un départ. Sans un mot ou un baiser pour l'enfant qu'elle nous abandonne avec son panier d'osier, dans lequel elle a rangé deux petits pots pour bébé ainsi qu'un casque de mousse pour le protéger des chutes.

Je regarde Dovit, qui me regarde, nous regardons l'enfant, planté au milieu de la pièce, la bouche ouverte, abandonné à son balancement libre. Il a perdu la main de sa mère, s'en est-il seulement aperçu sur son île mystérieuse ?

Dovit et moi, nous sommes toutes les deux sur la même marche, cette fois, aucun avantage d'ancienneté pour elle, aucun désavantage pour moi. Égalité de trouille et d'indécision.

Il va falloir y aller, mais pour faire quoi ? L'asseoir ? Ce gosse refuse qu'on le touche, a dit la mère. L'occuper ? Mais avec quoi ? Comment ?

Ce sont les Guillaume qui, les premiers, essaient d'établir le contact. Le désespoir et les larmes de la maman ne les ont pas réellement bouleversés, ou alors ils ont décidé de passer outre, de faire comme s'il n'y avait pas de problème particulier.

– Hé ! Gauthier, t'es grand ou t'es petit ?

– Hé ! T'as quel âge ?

Pas de réponse, évidemment, mais le balancement s'accentue avec, par moments, un geste de violence bizarre : projetant les deux bras en avant de toutes ses forces, Gauthier semble vouloir frénétiquement repousser quelque chose. Je reste sans voix, les yeux écarquillés. Profitant de cet instant de silence, il se laisse tomber par terre, les jambes en tailleur, et le terrible balancement s'accentue. La tête cogne sur le sol, devant lui. Cette fois, Dovit et moi avons le même réflexe : bondir sur le panier, nous emparer du casque de protection, examiner le système de scratch qui doit le maintenir. Je m'adresse à Dovit sans même la regarder :

– Tu le chopes, et moi j'essaie !

– On y va, Mujo !

C'est la première fois qu'elle prononce d'elle-même mon surnom, et cette familiarité me fait du bien. Jusqu'ici, j'avais le sentiment qu'elle me regardait un peu de haut, moi, mes diplômes et ma trouille. Je reprends courage devant ce premier mot de solidarité de sa part. Galvanisée je bondis sur le gosse, prête à soulever une montagne... Dovit s'approche du gamin avec des ruses de Sioux :

– Ohé, petit Gauthier, on va mettre le chapeau ! Oh ! le beau chapeau pour le petit Gauthier !

Alors là, ça me dépasse ! Comment peut-elle faire ça, elle a vraiment un moral d'acier ! Elle est là, tout sourire, avec son casque en mousse à la main, et elle avance sur la pointe des pieds, comme quelqu'un qui va faire une bonne blague :

– Oh ! le joli chapeau !

Gauthier continue son balancement comme s'il était seul au monde. Dovit me regarde d'un air interrogateur. Il faut enfin que je me bouge, que je me décide à m'y mettre.

Et on le ficelle à deux. Sa révolte est terrible, elle ne dure que quelques secondes, mais il est pris d'une rage folle, d'un désespoir, d'une panique affreuse, comme si nous étions la mort en personne, comme si sa vie dépendait totalement de sa lutte contre le casque de mousse. Poser la main sur lui, c'est comme si on allait le tuer. Je n'ai jamais vu un enfant aussi terrifié.

Et sa peur nous fait peur. Aucun moyen de le rassurer, de le calmer, inutile de lui parler, d'aucune manière, on ne sait même pas s'il nous entend. Le but est de l'immobiliser pour lui passer la mousse sur le crâne, scratcher, et relâcher. C'est une lutte animale entre nous et lui. La bataille est désordonnée, rapide, violente, hurlante.

Je me demande comment il peut y avoir autant de force dans un petit squelette pareil, et d'où peuvent bien provenir les hurlements rauques qu'il pousse. Gauthier aussi doit se poser la même question. Je suis sûre qu'il ne pense pas un instant que ce bruit infernal sort de lui. Affolé, il a plaqué ses mains sur ses oreilles et continue de hurler.

Ce n'est pas du tout du goût des deux grands, et Guillaume brun se fâche :

– C'est pas bientôt fini de crier comme ça !

Enfin, le casque est enfilé. Mon Dieu, il a l'air

d'un petit singe échappé d'un laboratoire ! Il ne lui manque plus que les électrodes.

Gauthier porte les mains à sa tête, essaie de soulever le casque... Soudain plus rien. Plus de hurlements. Comprenant peut-être l'inutilité de son geste, Gauthier laisse retomber les bras le long de son corps, lourdement, désespérément, en une acceptation qui me crucifie. C'est comme s'il nous disait : « Vous voulez me battre, me blesser, vous voulez me mettre ça sur la tête, allez-y, je suis à votre merci. » Un oiseau humilié, paralysé de peur devant les deux monstrueux chats que nous sommes peut-être pour lui.

Je ne sais plus quoi penser dans le silence revenu, devant ce balancement infernal qui reprend d'avant en arrière, horloge incessante, rythme dément de ce petit fantôme. Clic, les yeux pâles et vides, clic, le casque de mousse, images alternées insupportables.

Je ne tiendrai pas le coup comme ça. Il faut inventer quelque chose. Il va se remettre à hurler, à se cogner la tête par terre, je ne pourrai pas l'approcher, le toucher... Que faire dans ces conditions ? Inventer. Quoi ? Je ne sais pas, mais je trouverai, c'est une question de survie pour lui, comme pour moi. J'ai besoin de l'exprimer devant les trois autres gosses, devant Dovit, devant lui. Besoin de conjurer le désespoir, le sien comme le mien. Je m'assieds en tailleur à bonne distance, mais en face de lui.

– Toi, on va t'apprivoiser, et nous, les grands, on va apprendre à lire et à écrire.

C'est aussi, et surtout, à Dovit que je m'adresse. J'ai tellement envie qu'elle approuve mon « programme ». Les canards en plastique, la pâte à modeler, on ne lui a donné que cela pour cajoler ces gosses, les occuper, leur faire passer le temps, soulager les parents qui n'en peuvent plus. Jusqu'à présent, apprendre à lire et à écrire, pour Bruno et les deux Guillaume, ce n'est inscrit nulle part. Non scolarisables, condamnés à faire des bulles dans l'eau, des trucs en pâte à modeler, à faire l'aller et retour au réfectoire, au pipi-room, à la queue leu leu, en se tenant par la main. Et à rentrer chez eux en ayant appris, au mieux, à reboutonner leur pantalon, à s'essuyer les mains tout seuls, à reconnaître des formes, les différentes matières, les odeurs.

Leur cerveau a souffert, m'a-t'on dit en réunion. Ils sont incapables d'acquis scolaires. Mais moi, je suis incapable de faire des ronds dans l'eau avec les trois grands et de regarder le petit se balancer comme un pendule, d'avant en arrière, du matin au soir.

Les deux Guillaume sautent de joie.

– On va lire, on va écrire !

Je ne m'attendais certes pas à une démonstration pareille ! Bruno semble avoir un peu peur. Il a encore conscience, probablement, de la fuite de ses capacités mentales, il se tasse sur sa chaise, l'air de dire : « C'est pas pour moi, ça... »

Et le fragile squelette de Gauthier se balance un peu plus, le casque de mousse tape sur le sol, les yeux vides dans le vide.

Dovit déclare :

– C'est les petites mamans qui vont être contentes !

Son optimisme m'encourage.

Manches retroussées

Dovit n'est pas institutrice, elle est agent technique, ce qui, à part une inscription sur sa feuille de paie, ne veut pas dire grand-chose. Elle a choisi ce métier par passion. Dovit est une passionnée. Passionnée des enfants, passionnée de la vie, passionnée de bon sens, passionnée de son époux depuis des années, son Paul, son premier amour à propos duquel je la charrie maintenant de bon cœur :

– Dis-moi, quel effet ça fait, d'épouser son premier amour ?

– Essaie, tu verras !

– Andouille, va !

Mes appréhensions concernant le vocabulaire sont tombées. Je me suis alignée sur la façon de parler de Dovit, qui ne fait pas de mystère, pas de sous-entendus, n'évite aucun mot. Elle parle vrai. Et les enfants font comme elle ; ils ont « regardé la télé » la veille au soir et ils ont « vu » Steve McQueen monter sur son cheval... Ils emploient notre vocabulaire, seule change pour eux la signification des mots. Mes appréhensions des premiers jours sont moins violentes. Je me sens beaucoup plus à l'aise surtout que, maintenant, quand je leur parle, les enfants « voient » bien ce que je veux dire.

Pour eux, Dovit a inventé toute seule, sans manuel de l'Éducation nationale, un système remarquable. S'il existait un oscar pour les inventions de ce genre, elle devrait l'obtenir. Elle a acheté des gommettes de couleurs, rondes, celles qui servent habituellement à faire des points de repère. Elle a d'abord appris aux enfants à décoller les gommettes de leurs planches, à les coller sur le dessus de leurs mains, pour les recoller ensuite à l'intérieur d'un dessin. Ce dessin, elle l'a fait en relief, de manière à ce que les enfants puissent repérer du bout du doigt les emplacements où coller les pastilles de couleur. Le résultat donne de très jolis dessins colorés. Les enfants sentent qu'ils ont « rempli » quelque chose, un creux. Par exemple, elle dit à Guillaume brun :

– Ça, c'est un sapin de Noël.

Le gosse tâte le sapin et colle ses gommettes. Il devient dessinateur et coloriste sans rien y voir. Il est fier de son sapin. Et moi, je suis fière de Dovit. Ce système est tout simplement formidable. Sans le savoir, elle a inventé là une méthode de préparation aux exercices de lecture et d'écriture terriblement précieuse. En termes éducatifs consacrés, nous nommerions cela un « prérequis de lecture ».

Au lieu de prendre des dessins en relief, je prépare des feuilles pleines de A, et je donne à mes trois élèves les gommettes qui leur sont familières.

– Sur la feuille, il y a des A. A comme dans papa, tata...

– Caca ?

Je devais m'y attendre, l'un des deux Guillaume a sauté sur l'occasion. Avec les autres voyelles, j'aurai droit successivement à cucu, pipi, popo... Ne nous attardons pas et continuons...

– Oui, bien, petit Guillaume. Caca, et puis quoi d'autre ?

Nous cherchons ensemble plein de mots comprenant le son A. Puis nous découvrons avec les doigts la forme de la lettre A, et nous y collons une pastille... Ça marche immédiatement. Les deux Guillaume repèrent sur-le-champ les points qui forment le A dans la page et collent triomphalement leurs gommettes. Et on recommence sur un autre A. Et on recommence encore, et encore. Repérer le point, coller la gommette, dire A.

Pour eux, l'accomplissement de gestes mécaniques n'est pas si évident. Il faut décoller la gommette sans la voir, la recoller sur le dos de la main, chercher le A et la reporter... Mais ils ont découvert que cette lettre se trouvait sur une feuille en carton, et qu'elle était représentée par un point en relief. C'est un acquis énorme. À force de répétitions, ils savent à quoi correspond la lettre A.

L'alphabet braille se fonde sur six points, sur deux rangées. Toutes les lettres sont formées à partir de ces six points.

Les deux Guillaume en réclament toujours davantage. Chaque gommette, chaque A, les fait crier de joie :

– Ça y est ! Encore !

Dovit elle-même n'en revient pas. Ils sont si heureux de leur exploit. Et moi si heureuse de leur dire :

– Bravo ! l'exercice de lecture est parfait.

En dehors de Gauthier, qui se balance par terre tout au fond de la classe, intouchable, Bruno me fait de la peine. Il a collé les gommettes n'importe où et n'importe comment. Mais il a tellement essayé qu'il en est tout essoufflé. Il me revient en moi-même une page que papa m'avait lue quand j'apprenais à écrire — je devais avoir quatre ou cinq ans. Elle parlait de ce pauvre Babar qui s'appliquait tant sur sa feuille, qui tirait la langue, transpirait sous l'effort et n'arrivait qu'à faire des pâtés ou à casser sa plume sur ses bâtons tordus. Pauvre Babar des temps modernes, Bruno a une si grande envie de bien faire que j'en pleurerais. Il y a des gommettes collées sur la table un peu partout, quelques-unes sur la feuille, au hasard. Il a tout essayé pour y arriver, et il me serre le cœur. Je réalise à quel point il est malade. Avec les deux autres, je vais pouvoir entamer une petite montée dans l'apprentissage, alors qu'il a, lui, entamé sa descente sans moi, inexorablement. Je ne peux rien freiner, ce n'est plus du domaine psychologique, c'est physique, impossible d'enrayer la dégradation. Et chaque progrès que pourront faire les deux autres l'enfoncera davantage dans sa différence.

Bruno vit dans une ferme avec sa famille. Il n'a qu'un plaisir, se rendre utile. On lui colle des montagnes de haricots à éplucher, ou une fourche à la main en lui disant : « Laisse-la traîner derrière toi, en marchant tout droit, ça ramasse le foin ! » Il a les mains de son père, épaisses, calleuses. Les extrémités de ses doigts ne sentent rien du tout, il peut les poser sur une feuille ou sur un caillou, la sensation pour lui est la même : nulle, aucune différence. Coller une gommette avec ses gros doigts insensibles relève de l'exploit.

Je suis triste pour lui, mais heureuse d'avoir offert aux deux Guillaume la possibilité de rapporter chez eux leur premier travail scolaire : une feuille de lecture ! Avec une note, un vingt ! Jamais on ne leur a offert un pareil cadeau. Ils rentrent chez eux ce soir-là avec une fierté légitime :

– T'as ta feuille ? Moi, j'ai ma feuille ! Oublie pas ta feuille !

Jusqu'au bout je les entends discuter avec les chauffeurs des taxis-ambulances qui les reconduisent :

– Hé ! Ça, c'est ma feuille, c'est moi qui la porte, pas toi !

Cette note est aussi importante que leur

premier travail de lecture. Je leur ai expliqué que le vingt correspondait au « très bien », comme dans la classe d'à côté. Plus tard, s'ils font moins bien, j'expliquerai le moins bien, ou le bien. Ils n'auront pas vingt, mais dix-neuf, ou même quinze.

Pour l'instant, nous en resterons au vingt, le mot miracle, le mot magique qui veut dire qu'on a tout réussi. Et qui apprend aussi le nombre vingt. Le danger est que ce vingt ne représente guère plus qu'un bonbon, une satisfaction, une récompense, un bisou. Il me faudra aborder la notion de degré. Mais, pour l'instant, c'est un tel bonheur ! Pour leurs parents aussi. C'est une revalorisation de leurs enfants, un espoir en leurs capacités.

Avec Gauthier, je n'ai aucun succès. Il n'accepte pas que je l'approche. Je note tout ce qu'il fait dans un dossier que j'ai l'intention de tenir scrupuleusement à jour. La première page se résume à ceci : « A crié, s'est balancé, a hurlé. »

Pour le repas de midi, un quart d'heure de bagarre, simplement pour lui attacher une serviette autour du cou. Cet exploit accompli, il est tout rouge et complètement en sueur. Ensuite, passage au petit pot de bébé. Je le ceinture sur mes genoux, tandis que Dovit essaie vainement de lui faire entrer la cuillère dans la bouche. Il crache, s'étouffe, crie, recrache, s'étouffe à nouveau, crie de plus belle. Une scène qui, de loin, pourrait paraître une torture.

Plume-Plume passe la tête dans notre secteur, complètement effarée. Jean rose, plume rose dans les cheveux.

– Mais qu'est-ce que vous lui faites ?

– On essaie de le faire manger ! Tu pourrais nous aider à lui tenir les jambes ?

Plume-Plume disparaît, manifestement peu attirée par notre méthode de travail.

Si j'essaie de toucher Gauthier, il m'échappe et, pourtant, j'ai le sentiment de ne pas exister pour lui. Comment lui faire comprendre que je suis là ? Avec son merveilleux instinct, Dovit me lance :

– Il le sait que t'es là. Mais il s'en fiche ! Il est là, son problème.

Raccourci, certes, mais le diagnostic est bon. Qu'il entende ou pas, qu'il sache ou pas, que je sois là ou pas, Gauthier s'en fiche.

Il faut que je trouve une solution pour lui. Nous n'allons pas passer lui et moi des journées pareilles. Lui à hurler, moi à me creuser la cervelle pour trouver un moyen de l'approcher, simplement l'approcher, et qu'il l'accepte.

Très vite, j'ai un autre problème, d'adultes celui-là. Mon projet de tentative de travail scolaire n'est pas bien accueilli par tout le monde. Les collègues s'inquiètent, en réunion. J'entends, par exemple :

– Au départ, tous les enfants étaient ensemble, scolaires et polyhandicapés. Il fallait donc essayer de s'occuper de tout le monde, et, forcément, nous avons tenu compte des priorités. Cette année, tu n'as que les polyhandicapés, si tu les lances dans le travail scolaire, les parents vont vite penser que nous, nous n'avons rien voulu faire pour eux.

Je suis colère. Je suis toujours colère quand on m'oppose ce genre d'argument négatif. Colère est un état qui me permet non seulement de réagir, mais d'agir. Je n'ignore pas qu'on me regarde souvent de travers, dans ce cas. Je n'ignore pas aussi que, pour lutter contre le statu quo permanent de l'Éducation nationale, il faut parfois, souvent même, en ce qui me concerne, passer pour une emmerdeuse.

– Mais enfin ! On peut leur expliquer, aux parents, leur dire qu'au début, vous avez travaillé avec les moyens du bord, mais que maintenant on a créé ce poste ! Qu'il y a un enseignant de plus ! Et qu'il peut, à lui tout seul, cet enseignant de plus, se charger des enfants qui ont d'autres problèmes que celui de la cécité ! Il faut leur dire que l'on peut les aider davantage, maintenant !

Colère a gagné, les collègues n'insistent pas, mais j'aurai droit, à partir de ce jour, à des sourires en coin, ou à ce genre de réflexion dans mon dos :

– Elle va leur faire éclater le pois chiche !

Le lendemain de cette petite bourrasque, je retrouve ma classe de « pois chiches ».

Les deux Guillaume se disputent. Le blond et

le brun se lancent à la figure de nouvelles invectives :

– Si, j'apprendre à lire ! Si ! J'apprendre à lire, moi !

– Non ! tu vas apprendre pas !

– Pourquoi ?

– T'es un goyo toi !

Être un « goyo », c'est être un idiot, dans leur langage. Sans mauvaise pensée de leur part, d'ailleurs. Ils se traitent joyeusement de goyos entre eux, d'une classe à l'autre, celui-là est dans la classe des goyos, celui-ci n'est pas dans la classe des goyos ! En fait, ceux qui se traitent le plus joyeusement de goyos, ce sont les deux Guillaume. À treize ans, ils n'ont aucune base. Guillaume brun s'angoisse dès son arrivée dans la salle de classe. Il se balance, tapote sa main sur sa bouche, puis sur son nez. Il se berce ainsi jour et nuit, à la limite de l'autisme. Guillaume blond pare les coups dès qu'on l'approche. Il en a déjà pris, des coups, un père alcoolique, ça donne des coups, et un gamin aveugle qui prend une gifle ne la voit pas venir... Alors Guillaume blond a gardé un caractère inquiet. Il déteste qu'on élève la voix. Il se protège en enfonçant systématiquement ses poings dans les yeux. J'ai essayé de le faire, moi aussi, en espérant découvrir ce que cela pouvait lui apporter. J'ai vu des tas de petits points rouges. Les perçoit-il, lui aussi ? A-t-il, de cette façon, la sensation de voir ? Ou cherche-t-il tout simplement à mettre hors d'atteinte et à dissimuler la partie malade de son corps ? Il fait souvent ce geste sous le coup d'une émotion. Ses yeux en sont comme maquillés de bleu.

Leur similitude de prénom ne me facilite pas les choses, dès que j'appelle « Guillaume ! », ils se redressent tous les deux, ou répondent ensemble.

– Guillaume !

Dovit s'amuse et finit par me donner la combine :

– Guillaume brun s'est donné un surnom en arrivant ici. Il avait six ans, on lui a demandé son nom de famille, la prononciation est trop compliquée pour lui, il l'a réduite à Émi, alors on l'appelle Petit Émi.

Guillaume enfonce ses poings dans ses yeux à mon approche, et petit Émi insiste :

– Je suis pas un goyo !

Je leur ai préparé des exercices sur une feuille de carton. Guillaume se concentre dessus, fier de lui :

– Je suis calme, je suis bien calme. Mujo a dit : Si on est excité comme une puce, on peut pas lire !

Je l'aide à déplacer lentement ses mains sur la feuille :

– Tu sens quelque chose sous tes doigts ?

Petit Émi, trop excité, lui, reprend son balancement familier en scandant :

– Sous les doigts, sous les doigts, il y a la feuille, il y a la feuille !

C'est logique, et je n'y avais même pas pensé. Il y a d'abord la feuille. Je guide leurs index sur cette feuille.

– Là, sur cette feuille, sous vos doigts, il y a des petits points.

– Petits points, répète Petit Émi avec application.

– Ces petits points ce sont les A que nous avons appris hier. Après, il y aura d'autres points ensemble, qui feront d'autres lettres.

Petit Émi s'excite à nouveau, il a trouvé les petits points sous son doigt et le hurle à tue-tête. Guillaume, dérangé dans sa concentration, lui répond vertement :

– Tais-toi ! T'as rien trouvé, t'es qu'un cornichon de goyo !

Le cornichon s'applique tellement qu'il en tire la langue jusqu'à la feuille. Chaque fois que l'un ou l'autre repère un point sur la feuille, il doit dire : « Ça pique, y'a un point, c'est A. »

J'ai rarement donné une leçon aussi émouvante. Le cœur battant d'espoir, aussi concentrée qu'eux sur le mystère du point qui pique, je compte les A. A Petit Émi, A petit Guillaume... Et on recommence, comme une comptine. Je suis tellement fière de leurs prouesses que, cette fois, je donne une note. Petit Émi est surpris :

– Une note, Mujo ? Petit Émi va avoir une note ?

Je dois reprendre mon explication :

– On a fait un travail. Tu sais que si ce travail est bien, on a vingt, c'est une bonne note. Si le travail n'est pas bien, on a une mauvaise note. Aujourd'hui, je vais donner la note la meilleure, c'est vingt !

Petit Émi a au moins compris qu'on est content de lui. C'en est trop pour lui. Il ne peut plus tenir. Il explose. Il saute sur place, il lance ses bras en l'air et pousse de petits cris de victoire.

Dovit le ramène au calme avec bon sens :

– Ah ! Mais ! ça n'est pas bien du tout, petit Émi ! Quand on fait du bruit et qu'on dérange les autres, on a une mauvaise note. Ça s'appelle un zéro.

Immédiatement, le gosse tend les mains en avant pour récupérer sa chaise, se repère au dossier et s'assied, calmé.

Nous venons de faire un grand pas en avant tous les quatre.

J'essaie avec Bruno. Je prends innocemment sa main, pour guider son doigt sur la feuille. Dovit me décourage :

– Regarde ses doigts, tu perds ton temps. Comment veux-tu qu'il retrouve un petit point qui pique avec ça ? Je vais lui redonner ses dessins.

Elle a raison, mais je suis déçue. Pauvre Bruno, je ne peux pas lui redonner la sensibilité tactile qu'il a perdue.

C'est au tour de Gauthier, occupé pour l'instant à son activité favorite : le balancement d'avant en arrière, suivi de la projection des deux mains en avant, comme des ressorts, puis de l'agitation frénétique des doigts. De temps en temps, il rompt la régularité de ce mime incompréhensible en se donnant de grandes claques sur les oreilles, et il recommence. Assise le plus près de lui, sans le toucher, j'attaque :

– Je m'appelle Marie-Jo, toi, c'est Gauthier. Gauthier.

Le balancement continue. Et s'il était sourd ?

Dovit m'explique qu'il a passé quatre audiogrammes concluants. Il entend aussi bien que moi. Mais il refuse mon existence. Je lui parle tout de même, en me parlant à moi-même.

– Tu t'en fous ? Tu as peut-être raison de t'en foutre, mais moi, je ne m'en fous pas. Tant pis si je te dérange !

Je m'approche un peu plus, jusqu'à toucher ses jambes repliées en tailleur. Je l'ai à peine effleuré qu'il recule. C'est sa première réaction à ma présence. Il sait que je suis là, il en tient compte. Je m'avance encore, il recule encore. Nous continuons cette petite danse bizarre jusqu'à ce que Gauthier se retrouve le dos au mur. Je m'immobilise, je le touche presque, il ne se balance plus. Tendue, à l'affût moi-même comme un animal, j'exploite ce petit avantage :

– Je m'appelle Marie-Jo. Toi, c'est Gauthier...

Je pose la main sur son genou, légèrement. Il se laisse faire. Alors, trop confiante, j'essaie de lui prendre la main, et il se met aussitôt à hurler comme une bête et, de nouveau, apeuré par ses propres cris, il se bouche les oreilles. Je recule en vitesse :

– Ce n'est rien, Gauthier, ce n'est rien, c'est fini, calme-toi, calme-toi.

Rien n'y fait. Au contraire, le son de ma voix semble l'affoler davantage. Il se lève, les mains toujours plaquées sur les oreilles, criant de toutes ses forces. Petit Guillaume proteste :

– Qu'est-ce qu'il a encore celui-là ! Il nous emmerde !

– Guillaume, tais-toi ! On a compris.

Désemparée, je laisse Dovit venir à mon secours, comme elle peut. Elle saute sur le gosse, lui plaque la main sur la bouche. De l'autre main, elle dégage l'oreille de Gauthier, et se met à lui parler tout bas :

– Chutt... Là, là... Chutt, calme, petit Gauthier. Calme, calme...

Ça ne marche pas non plus. Il se débat comme un beau diable, se libère, fonce au hasard contre le mur, s'y cogne et retombe assis. Il cherche le mur, le tâte, puis se colle dos contre le ciment, comme pour se rassurer, et reprend son balancement, un grand coup contre le sol, un grand coup contre le mur, et ainsi de suite. Il ne crie plus, mais il s'assomme régulièrement contre ses deux repères familiers. Le casque le protège, mais ces coups répétés me font mal. Cette prison dans laquelle il s'enferme, sol, mur, sol, mur, comment l'en faire sortir ?

La journée s'étire, séance toilettes, séance réfectoire, collage de gommettes, Gauthier balançoire.

Plume-Plume nous rend visite et regarde Gauthier d'un air attendri et découragé :

– Je te souhaite du courage.

Les autres sont dans la cour de récréation avec Dovit, je suis seule avec mon balancier cogneur. Rapprochement prudent, distance respectée, assise en tailleur, je recommence :

– Gauthier, c'est Marie-Jo.

Le balancement s'interrompt. Gauthier tourne la tête sur le côté, une oreille dans ma direction. Il m'a repérée.

– Toi, c'est Gauthier. Petit Gauthier.

Silence. Immobilité. Nos deux respirations se confondent.

J'attends encore, puis je me penche en avant et me retrouve à quatre pattes, la tête à quelques centimètres de son bandeau de mousse. Instinctivement, j'ai entamé une approche animale, sans les mains, museau à museau. Ma bouche à quelques centimètres de sa joue, je murmure doucement :

– Gauthier, c'est Mujo...

Il n'a pas un geste de recul, il ne crie pas, et je retiens mon souffle.

Plume-Plume, de retour, interrompt ma tentative :

– Qu'est-ce que tu fais à quatre pattes ?

Je recule pour me redresser, toute rouge, essoufflée, le cœur battant la chamade.

– Tu te rends compte, il n'a pas crié, c'est un miracle !

– Tu appelles ça un miracle ?

Gauthier a repris son balancement, indifférent aux humains dérangeants que nous sommes.

Oh, oui ! c'est un miracle ! Il est tout petit, mais dans le dossier de Gauthier je peux écrire : « Mardi, dix heures quinze, j'ai approché ma tête contre la sienne. Expérience réussie. »

Ce gosse me faisait peur, il me fait toujours peur, mais il a six ans, et je reste persuadée qu'il peut évoluer suffisamment pour que le terme ne soit pas pour lui synonyme d'hôpital psychiatrique. Il le faut absolument. Je ne pourrai jamais le faire sortir de sa nuit, je ne pourrai jamais lui montrer ce qu'il ne voit pas, mais je dois l'aider à sortir petit à petit de ce monde dans lequel il s'est enfermé, prisonnier volontaire des murs qu'il a dressés autour de lui. Il faut qu'il sache que ces fantômes invisibles que nous sommes pour lui veulent seulement l'aider. Il faut qu'il arrive à vaincre ses crises d'angoisse, sa terreur. Il faut qu'il nous laisse aller jusqu'à lui, l'atteindre. Qu'il fasse l'essai, qu'il se rassure.

Je serai patiente, Gauthier, je reviendrai aussi souvent qu'il le faudra, encore et encore jusqu'à... Je te ferai sortir de ton monde. Il faudra compter avec nous autres maintenant.

Plume-Plume est bien gentille, mais elle n'y croit pas.

– L'intégration de nos gosses, je connais. Regarde les miens, on me dit sans arrêt de les mêler aux autres, ils doivent se faire des amis avec les enfants normaux, les voyants. Regarde :

les miens restent collés entre eux, au fond de la classe. Pendant la récréation, les autres jouent au ballon dans la cour. Si je leur demande de jouer avec les miens, ils font attention cinq minutes, pas plus. Après, ça leur casse les pieds, ils ne leur passent plus le ballon.

– Quand Gauthier sera plus habitué aux autres, j'irai dans la cour, avec eux, et on jouera au ballon ensemble.

Plume-Plume doit me prendre pour une cinglée. Le genre qui veut « tout faire, tout arranger ». Apprendre à écrire aux deux Guillaume, communiquer avec Bruno sans qu'il lui décoche un coup dans le ventre et faire la conversation à quatre pattes avec Gauthier. D'accord, je dois être un peu cinglée. Mais j'ai mis ma trouille dehors, et je m'attaque aux montagnes impossibles. Je ne vois pas comment faire autrement.

Il dansait dans sa tête

Je suis incapable de fonctionner dans le triste, j'ai besoin de gaieté. Dovit est un personnage formidable, exceptionnel, son comportement avec les enfants aveugles polyhandicapés devrait être un modèle, si l'instinct pouvait s'apprendre ! Elle a accueilli avec enthousiasme les transformations que j'ai apportées dans notre domaine. Les dessins que font les enfants avec leurs petites gommettes sont maintenant accrochés au mur. J'ai installé un petit coin-repos, avec des coussins et, surtout, apporté un orgue. La musique est un langage que je tiens à faire partager à mes gosses. Même Gauthier en a besoin. Je n'ai pas grevé le budget de l'établissement scolaire pour cette « folie ». Je me suis servie de mon réseau de copains. Le magasin de musique de la ville m'a prêté un orgue, un camarade a trouvé un camion pour le transport, Dovit a convoqué son mari, moi le mien et, à nous quatre, on a transbahuté cette nouvelle magie jusque dans notre salle de classe, qui commence à prendre un petit air accueillant.

Le premier soir, le spectacle a été extraordinaire, j'en avais les larmes aux yeux. D'abord, les enfants sont venus tâter de leurs mains cet objet étrange qui fait du bruit. Puis ils ont posé leurs doigts sur les touches, la bouche ouverte de concentration.

Entre parenthèses, cette bouche ouverte est une lutte quotidienne. J'ignore pourquoi ils la laissent si souvent béante. J'ai posé la question autour de moi, personne ne m'a apporté un embryon de réponse. Je commence à me demander si cette attitude n'a pas quelque chose à voir avec le besoin qu'ont ces enfants de développer plus intensément les sens qui leur restent, pour compenser un tant soit peu celui qui leur manque. J'ai remarqué que, lorsqu'ils se veulent très attentifs, ils tournent la tête dans la direction de celui qu'ils écoutent, et c'est là, à ce moment-là surtout, qu'ils restent la bouche ouverte. Pour mieux s'imprégner de la personne qui leur parle ? Pour mieux la sentir ? Pour mieux la recevoir ? Ce geste est certainement précieux pour eux. Pourtant, je ne voudrais pas qu'il se transforme en attitude permanente. Ces enfants s'expriment déjà souvent maladroitement et n'ont, par ailleurs, aucune possibilité de se référer à un modèle, de contrôler leurs gestes ou leurs attitudes... Je leur explique que la plupart des gens gardent la bouche fermée... Mais ils oublient vite. J'ai inventé un code pour les aider à se rappeler :

– Les mouches !

Et hop, tout le monde ferme la bouche. Je m'acharne à ce qu'ils aient au maximum une apparence normale. Pour eux, pour les autres aussi. Le rejet des autres, adultes ou enfants, vient essentiellement de l'attitude physique. Un gosse la bouche ouverte, qui bave, sans regard... c'est difficile à supporter. Lui n'en souffre pas, me dit-on, mais je suis presque sûre, moi, qu'il en souffre tout de même.

– Les mouches !

Seul Gauthier ne répond pas encore à l'injonction, mais, en un mois, il a fait un tout petit progrès. Il commence à accepter qu'on l'approche sans hurler. Le toucher, pas encore, et c'est le plus grand problème à l'heure de la cantine. On ne peut pas le laisser tout seul, et il a bien fallu se décider à l'emmener avec les autres. Il ne supporte pas du tout le bruit de cette centaine d'enfants rieurs et bavards, ni celui des couverts, des plats, du service. Comme il ne veut pas s'asseoir à table et que, bien sûr, il ne veut rien manger, il reste assis, à l'écart, à se balancer. Quand il est effrayé, il a le même geste que Guillaume blond : il enfonce ses poings dans ses yeux clairs sans interrompre son balancement.

Le soir de l'arrivée de l'orgue, à la première note de musique, soudain, Gauthier stoppe son balancement lancinant. Dovit me tape sur l'épaule pour que j'observe. Dans son coin contre le mur du fond, assis en tailleur, Gauthier, bouche ouverte, tend l'oreille en direction de la musique. Jamais il n'a fait cela pour personne, pour aucun son, pour aucun bruit. Il vit ! La première note de musique l'a sorti de son désert mental, il y a désormais un fil invisible tendu entre son oreille et l'orgue. Il ÉCOUTE.

Cela ne dure pas longtemps, quelques instants suspendus. Puis il reprend son balancement. Mais ce n'est plus le même. Gauthier suit le rythme. Il ne cherche plus à se rassurer, à tuer son angoisse, à exorciser sa peur, il suit les notes de musique. Il fait danser le haut de son corps comme un enfant qui serait paralysé des jambes alors qu'il ne l'est pas du tout. Il danse dans sa tête.

Et je me balance devant mon clavier, comme lui, folle de joie. Le déclic ! J'ai trouvé un petit déclic ! Il y a quelque chose dans la tête de Gauthier, une étincelle, elle est toute petite, mais on va l'attiser, on va la soigner, l'entretenir, on va faire notre guerre du feu à nous, pour que la faible lueur continue de briller.

Guillaume et Petit Émi sont complètement fous. Le premier tournoie sur lui-même, les deux poings enfoncés dans ses yeux, l'autre se balance avec une intensité extatique. Gauthier s'est levé. Il danse, les jambes raides, en rythme, les poings dans les yeux, lui aussi.

Je chante, n'importe quoi, ce qui me passe par la tête. « Adieu foulards, adieu madras... » Dovit reprend le couplet avec moi, les gosses s'y essaient aussi. Quelle joie ! Quel délire !

À partir de ce jour-là, le rituel s'installe. Tous

les soirs avant la sortie des enfants, nous avons notre petit quart d'heure de folie. Dans l'autre classe, dès que Plume-Plume dit : « Rangez vos cartables », ses gamins se précipitent. C'est le signal, ils nous rejoignent :

– Mujo ! Adieu foulards ! Mujo ! Adieu foulards !

Les enfants chantent, se balancent comme des petits nounours, dansent avec Dovit. Chacun chante plus faux et plus fort que le voisin, mais c'est la joie. Petit à petit, les gosses apprennent les paroles, les répètent chez eux... Dovit est aux anges, et le clame :

– Depuis que tu es là, j'ai une pêche d'enfer. J'arrive le matin en courant, pour ne pas en rater une minute.

Elle veut se mettre au clavier, apprendre à jouer pour faire, elle aussi, de la musique avec les enfants. Je suis comme elle. Ma haute peur des premiers jours s'estompe petit à petit devant l'ampleur de la tâche. L'envie d'arriver à quelque chose avec ces gosses sans espoir me porte.

Les séances de synthèse ont lieu chaque semaine. Toute l'équipe de travail du groupe scolaire se réunit pour faire le point. Sont présents le directeur de l'école, en bout de table, le rééducateur en psychomotricité, le rééducateur en psychopédagogie, le psychologue, l'orthophoniste, les enseignants, Plume-Plume, Dovit et moi. Ces séances régulières, j'en ai connu des centaines, dans des dizaines de groupes scolaires différents. Souvent difficiles, parfois houleuses. J'imagine qu'un conseil des ministres, toutes proportions gardées, se déroule de la même manière. Chacun a ses idées, sa personnalité, ses faiblesses et ses courages pour entreprendre. Chacun sa politique, en somme. La mienne a été, durant trois semaines, de transformer le décor de cette classe. Dovit m'y a aidée avec enthousiasme, Plume-Plume est ravie. En somme, nous n'allons pas trop mal, mes goyos et moi.

La réunion de la première semaine d'octobre est une fête pour moi. J'ai envie de tout expliquer, mes projets, mes toutes petites réussites, j'ai des tas de conseils à demander, des montagnes de détails à connaître sur chaque enfant. J'ai aussi envie de tout savoir sur celui qu'on va nous amener demain, Antoine.

– Voilà, Marie-Jo... Antoine est un enfant particulièrement doué intellectuellement. Très éveillé, un Q.I. remarquable, une très bonne éducation. Il veut absolument aller à l'école, c'est sa demande... Ce serait dommage de ne pas lui donner cette chance. Il souffre d'un handicap heureusement rare, qui atteint la moelle épinière. Il est paralysé du bassin et des jambes depuis sa naissance...

– C'est quoi cette maladie ?

– Spina bifida. Les enfants qui en sont atteints risquent aussi l'hydrocéphalie. Dans la plupart des cas, on leur pose dans le cerveau une valve reliée à l'intestin. Elle évacue en permanence le surplus de liquide céphalique. Bien évidemment, ce sont des enfants hyperfragiles, tout choc doit leur être évité.

Je ne connais pas cette horreur-là. La description me glace.

– Ce petit est donc paralysé de l'intestin, de la vessie et des deux jambes. De plus, il a perdu la vue à l'âge de trois ans.

Silence autour de la table. Dovit en lâche son rouge à lèvres :

– Pauvre gamin !

Atterrée, j'essaie d'imaginer l'existence de cet enfant. On le fait vivre comment ? Il a des tuyaux partout ? S'il a vu normalement jusqu'à trois ans, ce doit être encore plus terrible...

Le directeur, un homme affable et plutôt timide, continue d'une voix douce :

– La Croix-Rouge a promis une aide médicale si nous acceptons l'enfant. Nous pensons qu'il peut avoir sa place dans la classe des polyhandicapés quelques heures par semaine, au moins pour un essai.

Je suis paniquée. J'ai déjà Gauthier, les Guillaume, et Bruno. Comment pourrais-je... Cet enfant a besoin d'une attention particulière, encore plus particulière que les autres. Dovit n'a que deux bras et moi aussi... S'il est intellectuellement éveillé, pourquoi pas la classe de Plume-Plume ? Il y apprendrait mieux que chez moi ! Ça, c'est une vraie classe ! Pas la mienne !

Jean-Pierre prend la parole, agressif immédiatement. C'est le coordinateur de l'équipe, il enseigne au lycée, il est toujours contre tout ce qui ne vient pas de lui. Il est tout de suite hostile à ce gosse.

– La place d'un enfant en fauteuil roulant se trouve chez les handicapés moteurs !

– Les parents ont pris contact avec les Paralysés de France, ils ne sont pas équipés pour la scolarité d'un enfant aveugle, ils n'ont pas de machines Perkins, pas de personnel qualifié en braille.

– Et nous, on n'est pas équipés pour les fauteuils roulants. Il y a des marches partout ! Même pour descendre dans la cour de récréation !

– On pourrait faire construire un plan incliné...

– De toute façon, nous n'avons plus de place. Les classes sont pleines. Celle de Marie-Jo comme l'autre. Quant à l'aide de la Croix-Rouge, on connaît les promesses ! C'est toujours d'accord au début, et, quand on demande la mise en œuvre, c'est une autre paire de manches.

Il m'énerve ! Il m'a énervée depuis le début ! C'est monsieur non ! Non, on ne peut pas ceci, non, le règlement dit que, non, c'est anormal, non, on n'est pas payés pour ça, pas équipés pour ça... Je n'ai pas plus envie que lui d'être confrontée à un nouveau problème, alors que je commence à peine à surmonter mes angoisses personnelles devant mes gosses. Mais c'est plus fort que moi, si quelqu'un laisse tomber un enfant sur le bord d'une route, je ramasse. Et c'est ce qu'il est en train de faire en ce moment, ce fonctionnaire, inspecteur des travaux finis des autres !

– On n'était pas équipés non plus pour recevoir un enfant autiste ! Et pourtant, on essaie de progresser avec Gauthier. Si cet enfant demande à venir en classe et qu'il n'a pas de problème intellectuel, on ne va tout de même pas l'envoyer lui aussi à l'hôpital psychiatrique ?

Le directeur saute sur ma réaction, comme une puce sur un chat :

– Les parents ont demandé à vous voir, Marie-Jo. Ils veulent vous parler, vous présenter Antoine.

Jean-Pierre bondit sur ses pieds :

– Je vous conseille de ne pas accepter plus d'une demi-journée par semaine, et d'examiner progressivement le problème. En tout cas, je vous aurai prévenus !

Il s'en va au vent mauvais qui l'emporte, et je quitte la réunion de synthèse complètement éreintée d'avance. J'ai réagi impulsivement, contre lui, son indifférence, son obstination à mettre en règle et en quota des désespérances dont il ne doit pas avoir personnellement la moindre idée. En faisant cela je me suis mise une fois de plus dans une situation épouvantablement difficile.

Bien sûr que j'ai peur de cet enfant ! Évidemment ! J'ai fait une fois un stage à l'Association des paralysés de France. Je n'ai pas tenu une journée. Il y avait des enfants de tous âges, et dans des états plus terrifiants les uns que les autres. Des gosses qui ne grandissaient pas, atteints de la maladie de l'os de verre ; j'ignore le nom technique et peu importe, le résultat est qu'à douze ans ils sont hauts comme une table et, dès qu'ils se cognent, ça casse. Il y avait des enfants infirmes cérébraux moteurs. Une intelligence normale dans un corps de légume, totalement dépourvu de la plus petite possibilité de communication. Ils se servaient d'une licorne et d'un petit boîtier sur lequel ils tentaient de reproduire des sons, ou des lettres, pour signifier quelque chose. J'ai fait la brave une demi-journée, j'ai aidé comme je pouvais, j'ai essayé de m'occuper d'un adolescent de seize ans, paralysé, qui n'avait même pas la possibilité d'avaler ou de déglutir... Et puis je me suis enfuie ! Je l'avoue, on ne peut pas réussir avec tout le monde, être capable de tout. Un enfant handicapé physique total, ça me paralyse, moi. C'est un choc, une forme de répulsion contre laquelle je ne peux rien. On peut m'amener tous les goyos du monde, tous les enfants contrefaits, bossus, tordus, mentalement délabrés, psychologiquement fichus, ça ne me fait pas fuir. Ce qui me fait fuir, c'est l'effort démesuré d'un enfant handicapé psychomoteur, ce gosse qui va essayer pendant des heures, avec sa licorne sur le front, de taper sur un clavier, d'où sort une voix synthétique : « Je m'appelle Jean. J'ai quinze ans. » L'effort surhumain que cela représente, pour deux phrases anodines... Il y a là une injustice criante, blessante, révoltante... irrémédiable. Et je fuis devant l'irrémédiable, l'impossible. J'ai le même sentiment que devant la mort, plus rien à tenter, je suis inutile, nulle, vide, et je me sauve. Tant que je sens qu'il y a quelque chose à tenter, je reste. Je m'en veux de cette lâcheté. Je tente de me justifier en me disant qu'on ne peut pas être à la hauteur de toutes les situations, que chacun a ses limites. Un petit Gauthier autiste, j'ai de l'espoir ; une communication peut se faire un jour, et je veux bien la chercher à tout prix. Même si ce n'est, au bout du compte, qu'une simple acceptation de ma main sur la sienne, ou une oreille tendue vers moi.

Je remâche cette fichue réunion en rentrant chez moi, où m'attendent les devoirs de ma fille, Christine, et le souper de mon fils, Sébastien. Demain, je vais faire la rencontre d'Antoine. Cinq ans. Un buste, des bras, un cerveau.

Je n'y arriverai pas. Même s'il est intelligent. C'est trop. C'est de la folie.

Je passe une sale nuit à cauchemarder sur mes souvenirs de stage, sur des fauteuils roulants, des regards aveugles, des fantômes qui se balancent autour de moi. J'entends crier : « Mujo... Mujo... »

Mujo va dire non. Elle sera attentive, gentille, compatissante, mais elle va dire non. Les autres disent non, pourquoi pas Mujo ? Parce qu'elle ne saurait pas dire non ? Elle peut dire non. Non, à cause de Gauthier, qui n'a qu'une étincelle et mérite qu'on l'entretienne. Non, à cause de Guillaume et de Petit Émi, qui rapportent maintenant des notes chez eux tous les soirs. Non, à cause de Bruno, qui marche en crabe, mais sourit et chante « Adieu foulards, adieu madras » avec sa bonne grosse voix... Ils ont besoin de moi. Dovit et moi leur suffisons à peine. De plus, si j'ai bien compris le directeur, cet enfant appartient à une famille socialement aisée. Il ne s'agit pas d'un petit Guillaume qui prend des coups, ou d'un Gauthier en surcharge de famille nombreuse. Les parents trouveront une autre solution. Je ne sais pas... Ça doit bien exister quelque part, des instituteurs capables de donner des cours particuliers de braille. Il y a bien d'autres écoles qui...

Mujo, tu sais bien que non. On ne mélange pas les uns et les autres, chaque secteur de l'Éducation nationale a ses attributions, ses spécificités, ses aménagements, ses responsables... Alors ce serait Jean-Pierre-le-raisonneur qui aurait raison ?

Mes propres enfants, le lendemain matin, considèrent ma vilaine bouille avec une affectueuse dérision.

– Ça va pas, m'man ? T'es toute chiffonnée...

– Si, ça va ! Moi, ça va toujours, c'est la vie qui va pas ! À propos de vie, c'était pas terrible tes devoirs, toi, hier soir ! Tu récites ! Allez ! Une, deux, on y va !

Le nombre de matins gris, comme celui-là, d'octobre morose, où je me suis flanqué des coups de pied au cul pour avancer... Ce matin-là, je n'aurais peut-être pas dû...

Si j'avais su être plus sage, plus résignée, plus conformiste, moins engagée, je ne me serais pas jetée dans la gueule du loup, comme je m'apprête encore à le faire...

Demain est un autre jour, demain on nous amènera Antoine. Ce jour sera essentiel dans ma carrière d'éducatrice. Ce jour va me prendre au piège de l'erreur à ne pas commettre. J'y pense encore souvent, sans amertume et sans regret. Cette erreur, mon erreur, sera d'aimer. C'est ainsi, je n'y pouvais sûrement rien. Et lui encore moins. Pourtant, ça a commencé de travers entre Antoine et moi. Comme beaucoup d'histoires d'amour qui commencent mal, et finissent... Bien, ou mal, je m'en fiche. L'important, c'était de la vivre.

Antoine

Tous les enfants sont là. Guillaume, Petit Émi, Bruno et Gauthier. Gauthier se balance dans son coin, Bruno avance dans la salle de classe, la tête de côté, et les deux autres se collent des gommettes sur la figure en attendant que l'on puisse s'occuper d'eux.

L'homme qui entre, le père de cet Antoine que nous attendons, porte l'enfant dans ses bras. Ils ont les mêmes yeux bleus. La maman se tient près d'eux, plus petite. Ce trio immobile, en attente, me fait une impression étrange, on dirait une statue de groupe. L'enfant est blotti comme un Jésus contre son père, les deux bras passés autour de son cou, la tête dans le creux de son épaule. Il ne se retourne pas en m'entendant approcher. Il reste blotti, mais prend le visage de son père dans ses deux petites mains, et lui parle à l'oreille.

– C'est la maîtresse, papa ?

– Oui je crois, sois sage...

Immédiatement, l'osmose, le lien puissant qui

lie le père à l'enfant saute aux yeux. Leur émotion et leur sensibilité aussi. La mère, elle, paraît plus énergique, décidée, lucide, quelqu'un d'habitué à la lutte, qui vient là non pour supplier, mais comme pour se défendre. L'air de dire : « Il faut au moins faire un essai. Antoine y a droit. » Ils sont demandeurs, mais dignes. Ce n'est pas le père qui parle, c'est elle, la voix de ce trio particulier.

– Voilà, c'est Antoine, il veut venir en classe. Évidemment, comme ça, sur le plan médical, son cas peut vous paraître très lourd, mais il a tellement envie d'apprendre ! Il est attachant, vous verrez, c'est un enfant plein de vie, plein d'espoir, il déborde d'envies et de curiosité. Vous n'aurez aucune tâche matérielle, je suis allée voir la Croix-Rouge. Comme les infirmières ne sont pas loin de l'école, elles se déplaceront pour les sondages.

Sondages ? Je ne comprends pas très bien... Infirmières ? Il va falloir accepter des allées et venues d'infirmières ici ?

— Antoine a besoin d'être sondé toutes les trois heures pour vider sa vessie. Les infirmières s'en chargeront. Elles seront là aussi pour le changer, l'aider à manger, s'il le faut. Nous ferons tout pour qu'Antoine ne vous donne pas de travail supplémentaire.

J'écoute, et un vent de panique souffle dans ma tête. Hier, Bruno nous a fait une solide crise d'épilepsie. Soixante-cinq kilos allongés au milieu de la pièce, et je n'arrivais pas à le relever.

Il se débattait, bavait, un vrai match aux points, et je n'avais pas l'avantage. Lorsqu'il s'est calmé, il a dormi une bonne partie de la matinée, et Dovit a pleuré pendant presque aussi longtemps. De fatigue, d'impuissance, d'émotion... tout un mélange. Je n'étais pas fière non plus. Et la bagarre quotidienne avec Gauthier pour lui faire avaler quelque chose! Nous sommes effectivement déjà débordées par les problèmes de ces deux-là.

Cet enfant nouveau qui débarque dans les bras de son père est invalide à cent pour cent. Bassin, intestin, vessie, jambes. Il transporte une petite valve dans son cerveau, avec un tuyau relié je ne sais pas trop où. Ne serait-ce que ce handicap-là nécessite une tierce personne à longueur de temps. Et il est devenu aveugle à la suite d'une erreur médicamenteuse... C'est... trop n'est pas le mot, c'est un tel paquet d'injustices, ce gosse, qu'on en reste les bras ballants.

Le père ne bouge toujours pas, mais Antoine a dû sentir quelque chose, une réticence, une hésitation dans mon silence. Il chuchote à l'oreille de son père, les deux mains toujours plaquées sur son visage :

– Qu'est-ce qu'elle dit, papa ?

– Attends, Antoine, chut, sois sage.

Méticuleuse, précise, la maman poursuit ses explications :

– Il a toujours voulu aller à l'école depuis qu'il a l'âge. À trois ans, il a été admis dans une classe maternelle de village, il s'y plaisait beaucoup. La maîtresse dit qu'il a des facultés intellectuelles immenses, nettement au-dessus de la normale, mais elle ne pouvait pas le garder éternellement en maternelle, il allait y perdre son temps. Et nous n'avons pas trouvé de solution, ni chez les paralysés, ni chez les aveugles. C'est soit un problème d'équipement braille, soit une question de largeur de porte pour le fauteuil roulant, ou de plans inclinés... Nous aimerions tant que vous le preniez en classe. Il le désire si fort... J'ai oublié de vous dire aussi, un kinésithérapeute viendra régulièrement pour sa rééducation, il en a besoin constamment. Il pourra aussi aider aux repas, faire des séances de piscine avec lui, l'aider à s'habiller. Si vous avez d'autres besoins, il faut nous le dire, nous sommes prêts à régler tous les problèmes. Par exemple, j'ai déjà fait des démarches pour obtenir une table spéciale, à laquelle on pourra maintenir Antoine en position debout, avec un système de lanières. J'ai une poussette si vous voulez le sortir. Elle est moins encombrante que le fauteuil. J'ai des couches spéciales, plus faciles à mettre que les couches ordinaires, et plus confortables pour lui...

Elle parle, parle. Elle connaît les aspects les plus infimes du problème, elle cherche depuis toujours à améliorer le confort de son enfant, remboursé Sécurité sociale ou pas, peu importe. Rien ne lui paraît un obstacle insurmontable. Quelles objections pourrais-je avancer devant cette femme extraordinaire ? Elle a, en plus, le courage de ne pas mendier, de ne pas supplier, elle est là tout simplement en mère, revendiquant le droit de son enfant à apprendre. Une dignité pareille, c'est impressionnant. Toute sa vie est axée sur son fils, tout est en place dans sa tête, avec méthode et efficacité. On me l'avait décrite comme agressive, révoltée par l'impossibilité de scolariser son fils. Elle est tout simplement ferme et décidée, sûre du droit de son enfant.

Le père me semble particulièrement sensible et émotif. On a l'impression que tout ce qui touche son fils l'atteint d'abord de plein fouet. Il le tient dans ses bras, comme pour le protéger, lui épargner les chocs émotionnels, pour encaisser les refus à sa place. Il forme un véritable paravent avec son corps, il est viscéralement attaché à lui. La mère parle, eux attendent. Ils attendent tous les deux, à cette minute où je parle. Comme rien ne vient, le père hausse légèrement les épaules, petit mouvement de résignation qui me cloue le cœur.

Brusquement, je tends les bras, je soulève l'enfant, et je le prends contre moi. C'est un choc difficile à décrire, un bouleversement intime, profond, un véritable coup de foudre. Son petit corps chaud et léger, ses boucles blondes qui dégringolent sur son front haut et droit. Ses yeux bleus si lumineux qu'on a du mal à les imaginer plongés dans le noir. Il sourit, une petite fossette sur la joue. C'est un Jésus, cet enfant. J'ai le cœur qui bat la chamade, je me retrouve quelques années auparavant serrant mon fils, mon bébé contre moi. Cette chaleur, cette émotion intense qui vous gonfle de tendresse. Je tombe amoureuse de ce petit, comme de mon fils. Avec la même force brutale, la même vague déferlante qui laisse une nouvelle mère éblouie. C'est un bonheur auquel je ne m'attendais pas.

– Alors c'est toi, Antoine, qui veux aller à l'école ?

Ses petits bras ont changé de cou. Il reprend la même position, le même blottissement qu'avec son père. Les mains s'emparent de mon visage. Il murmure à mon oreille :

– Oui.

La gorge serrée, à la limite de fondre en larmes, je bredouille :

– Tu veux apprendre à lire et à écrire ?

Son visage s'éclaire.

Dovit, qui vient d'arriver derrière moi, se mouche bruyamment, laissant sur son mouchoir les belles traces du rouge dont elle vient de décorer ses lèvres. Elle me prend Antoine des mains.

– Viens mon coco, viens voir Dovit.

Je raccompagne les parents presque trop vite.

– Envoyez les infirmières et tout le matériel. Ne vous inquiétez pas, on se débrouillera.

Dovit raconte des blagues au gamin, qui sourit, blotti contre elle. Je les regarde et j'ai le cœur qui bat... Il est à nous, il est à moi.

Qui peut comprendre ? Chaque fois que j'ai tenté, depuis, d'expliquer cette chose étrange, le courant qui passa entre Antoine et moi, entre cet enfant de cinq ans, fragile comme un nouveau-né, intelligent comme un adulte, handicapé au-delà du supportable, croyais-je, chaque fois je me suis heurtée à l'incompréhension totale. Maintenant, je n'essaie plus jamais de m'expliquer. À l'époque, je n'étais pas encore consciente de tout cela : j'avais une mission à accomplir. Elle n'a duré qu'une saison ; enfer et paradis.

Des journées particulières

Une petite tête s'encadre dans le passage entre la classe des scolaires et celle des goyos. Passage symbolique entre deux mondes, celui des unihandicapés et celui des polyhandicapés. La petite tête est celle d'Yves le fonceur. Il est de bonne humeur ce matin. Bouille épanouie, il vient faire copain-copain avec Antoine, le nouveau. « Un type avec qui on peut discuter... » Pas un goyo, donc.

Antoine s'est adapté aussitôt à l'établissement. À la seconde où j'ai raccompagné ses parents à la porte, il était chez lui. L'école, enfin ! Si tous les petits fainéants de fond de classe de toutes les écoles primaires de France avaient seulement le centième de son envie d'apprendre, plus personne ne parlerait d'échec scolaire.

Yves a donc la forme. Heureux de vivre, bien dans sa peau, il reste persuadé qu'il y a une erreur quelque part. Il ne distingue pas le jour de la nuit, mais se refuse à penser qu'il y a une autre façon que la sienne de percevoir le monde.

– Hé ! Dovit ! Je peux t'emmener les petits au W.C., si tu veux ? Hein, Dovit ?

Les petits, selon lui, c'est le grand Bruno, Petit Émi et Guillaume, qui font au moins le double de sa taille et le triple de son poids. Mais tout le monde appelle ainsi les enfants de la classe des polyhandicapés, et Yves, du haut de ses huit ans, fait comme tout le monde. Il veut toujours faire comme tout le monde.

– Hé, Dovit, t'es d'accord ?

Avant même d'avoir reçu une réponse, il fonce tête en avant, histoire de prouver ses compétences de guide et son courage. Il y a un grand bruit et un hurlement immédiat.

– Merde ! Qui c'est le con qu'a fermé la porte !

Petit Émi, de mauvaise humeur, l'a claquée ce matin en rentrant, alors qu'elle reste d'habitude ouverte en permanence pour faciliter les déplacements des enfants entre les deux classes.

Je n'ai pas eu le temps de prévenir ni d'expliquer, Antoine fond en larmes, Dovit se précipite sur Yves une bouteille d'arnica à la main. Une énorme bosse orne le front du fonceur invétéré, qui la comprime courageusement de ses petites mains. Pour rassurer Antoine, j'explique l'incident sur le mode mineur :

– Ce n'est rien du tout, il rigole déjà ! Il a une petite boule sur le front, Dovit va lui arranger ça. Elle va lui mettre du rouge, et il sera très beau... Ne pleure plus.

Dans son coin, le crâneur commente :

– Papa, il dit toujours que j'ai la tête en bois !

– Ça, c'est bien vrai ! reprend Dovit, la malice plein la voix. Regarde, Mujo, il a cassé la porte !

– C'est vrai, Mujo, j'ai cassé la porte ?

– Pas vraiment cassée, mais il y a une marque !

Yves saute de joie :

– Y'a un trou dans la porte ! Y'a un trou dans la porte !

La vitalité de ce gosse est étonnante. C'est peut-être une forme de réaction à son milieu familial. À la maison, la mère boit beaucoup, et le père crie, menace, cogne. Pour échapper aux pugilats, Yves se réfugie souvent sous le lit, ou sous la table. Un gosse aveugle au milieu d'une bagarre d'adultes trouve le premier abri qu'il peut. À plat ventre et à l'abri du sommier, il attend que ça passe, et si ça ne passe pas, il se faufile jusqu'au téléphone, prend son courage à deux mains, et appelle n'importe qui pour demander du secours, au hasard de ses petits doigts sur les touches.

Ce gamin perpétuellement aux aguets chez lui, sur la défensive, a développé une sorte de révolte permanente contre sa cécité. Il fait du patin à glace entre les jambes de son frère, du vélo accroché derrière les autres enfants du quartier. Les gnons, les bosses, les bleus ne lui font plus peur depuis longtemps.

Antoine, lui, est émotif, sensible, protégé. Debout dans son corset de fer, sanglé à sa table de travail, de grosses larmes sur ses joues de bébé blond, il attendrit Dovit, qui lui met dans les mains un petit pot de compote :

– Allez, aide-nous, ouvre ça au lieu de pleurer ! Il faut faire manger Gauthier, et tu vas voir que c'est difficile !

Il est loin le temps où je me posais des questions sur les mots à ne pas employer, comme « voir », « regarder ». Les enfants aveugles voient à leur manière, inutile de s'encombrer d'un vocabulaire tronqué.

Ce que va voir Antoine, c'est toujours la séance de torture. Nous n'avons pas progressé. Il faut encore capturer Gauthier et le coincer sur nos genoux, à Dovit ou à moi, selon celle qui l'attrape en premier. Enveloppé dans un grand torchon, ceinturé, ligoté, Gauthier devient tout bleu dès qu'on approche une cuillère de sa bouche. Le peu qu'il réussit à avaler de force, il le recrache par le nez en toussant ou s'en s'étouffant. Il faut donc lui maintenir la bouche fermée dès que la cuillère est enfournée, et l'obliger à déglutir. Une moitié de petit pot de bébé constitue un tout petit bol alimentaire dans l'estomac, ce n'est pas terrible, mais c'est déjà beaucoup pour Gauthier. Ces séances sont traumatisantes, pour lui, pour nous, pour les enfants. Régulièrement, obstinément, je lui apporte des plats du réfectoire, je lui fais sentir la viande, la purée, les saucisses, les légumes, les desserts, et, régulièrement, il hurle et me repousse comme si j'allais l'empoisonner. Il est le seul à refuser de s'alimenter, les autres ont, à manger, un plaisir tout à fait revigorant. Ils commencent par renifler chaque plat qu'on leur apporte. Alors je m'approche et je décris :

– C'est du saucisson sur un plat, il y a du beurre au milieu. Ça sent bon, le saucisson, ça donne faim...

Avec une rapidité de voleur, chaque enfant s'empare d'une tranche de saucisson, la fait glisser du plat jusqu'à l'assiette et dévore avec les doigts. J'ai d'ailleurs, à ce propos, toujours une bagarre en route avec Jean-Pierre, le coordinateur. Cette façon qu'il a de rôder dans le dos des gosses, de taper sur les doigts, de montrer la fourchette, de secouer la serviette inutilisée sous leurs yeux :

– Et alors ? On n'est pas dans une porcherie, ici ! On se tient convenablement ! Mets ta serviette comme il faut !

Le gamin pris en faute essaie maladroitement de la nouer derrière son cou.

– Et ça, c'est un couteau ! Ça, une fourchette ! Tu dois sentir la peau du saucisson au bord, et l'ôter avec tes couverts !

Ça m'énerve ! Bien sûr, il leur faut un minimum de bonnes manières. Si on les emmène au restaurant, plus tard, il faudra qu'ils mangent proprement. Mais c'est le restaurant qu'il faut leur expliquer. Alors je m'assieds à côté du gamin, et je donne un cours de restaurant.

– Tu es assis à une belle table, il y a des gens autour qui te voient, tu dois essayer de faire comme eux. Donc, tu prends ton couteau, tu laisses glisser discrètement le bout de ton doigt jusqu'au saucisson, tu fais une petite coupure avec le couteau, la peau est tranchée, après, en tirant dessus, le reste vient tout seul. Il vaut mieux faire comme ça, parce que, au restaurant, si tu mords dedans et que tu baves dessus, tu vas dégoûter tout le monde. Maintenant, si tu es chez toi, tu enlèves la peau avec les dents, et hop ! c'est meilleur comme ça !

Pendant ce temps, Gauthier se balance dans son coin. Je lui mets sous le nez une tranche de saucisson.

– C'est bon, ça, Gauthier ! C'est du saucisson ! Ça sent bon, hein ?

Il hurle, et je repars avec mon saucisson.

Aujourd'hui, donc, c'est pot de bébé à la fraise, dans la salle de classe. Assis à côté de moi dans son fauteuil roulant, Antoine attend l'infirmière qui doit l'emmener pour les soins. La plupart du temps, nous nous arrangeons pour jongler avec les horaires, une séance de kiné pour Antoine, une séance de torture-compote pour Gauthier. Antoine ne supporte pas les hurlements, il ne comprend pas qu'un enfant refuse de manger, il trouve si agréable, lui, d'être blotti contre moi qui lui enfourne des cuillerées sucrées dans le bec en le berçant. Comment cette douceur, cette tendresse peut-elle se transformer pour un autre en une pareille terreur ?

Gauthier est debout au milieu de la classe, les poings enfoncés dans les orbites comme s'il voulait se crever les yeux, et il se balance d'avant en arrière. Maintenant, j'arrive à le prendre contre moi, un peu, mais en dehors des repas, à un moment où il sait qu'il n'a rien à craindre. Il permet cette approche l'après-midi en général. Le matin, aucun moyen de l'aborder, chaque geste est immédiatement interprété par lui comme une tentative pour l'attraper, le ceinturer et l'étouffer avec de la nourriture.

Depuis deux jours, j'ai remarqué que l'orgue l'attire. Dès que je joue, il s'en approche et se balance en mesure. J'égrène donc pour lui une petite valse. Ça marche : il avance en direction de l'instrument, une main sur les yeux, l'autre en avant, et commence à suivre le rythme. Sans cesser de jouer, je chantonne. Il se balance toujours, il est tout près de moi... Je lâche le clavier, chantonnant toujours, je l'entoure de mes bras et me balance avec lui. Il ne résiste pas, il se berce avec moi, bouche ouverte. Je le soulève en le berçant toujours, comme je le fais pour Antoine, par pur plaisir pour lui. Il est lourd, mon révolté de la nourriture ! Pour un gamin qui ne mange rien, il pèse de tous ses os. Je m'assieds sur une chaise avec lui, berçant et chantonnant :

– Petit Gauthier, petit Gauthier... On est bien tous les deux... Mujo et petit Gauthier...

Dovit m'observe, son petit pot de bébé ouvert dans une main, la cuillère de l'autre...

– On y va ? Tu vas finir par l'endormir.

Ce n'était pas le but, mais ce premier et fabuleux vrai contact entre cet enfant et moi, j'ai peine à le rompre.

– Minute ! Gauthier et moi, nous sommes en vacances... On rêve et on se balance tous les deux... On est bien...

– C'est bien gentil, tout ça, mais j'en fais quoi, moi, de mon petit pot ?

– Mange-le !

Je n'ose ni bouger ni arrêter de me balancer de peur que la magie s'envole. Et puis j'ai également un problème de conscience. Gauthier m'a laissée le prendre contre moi, l'asseoir sur mes genoux, le bercer, le toucher. Il m'a fait confiance, je ne vais pas en profiter pour le ceinturer et lui infliger ce qui est pour lui du mal !

– Tu me fais ouvrir ce truc et maintenant tu berces ! Il mange ou il ne mange pas ?

Il faut tout de même poursuivre le plan repas.

– Voilà, Dovit apporte le petit pot... Il est bon, celui-là... Oh ! qu'il est bon !

Aussitôt, Gauthier plaque ses deux mains sur sa bouche, petit animal pris au piège. L'instant magique est terminé. Dovit s'empare du drap qui nous sert de camisole. Un quart de cuillerée enfourné, le reste recraché au risque de s'étouffer tout rouge. En entendant les cris de Gauthier, Antoine fond en larmes. Quand l'infirmière arrive, il n'est toujours pas consolé.

Dovit n'en peut plus, moi non plus. Nous n'allons pas passer toute la saison scolaire à nous battre pour dix grammes de compote. J'en ai marre d'être un bourreau ! Pourquoi pas un entonnoir, tant qu'on y est ?

Gauthier se calme progressivement. Il commence à émettre des petits grognements sourds, mais reste sur mes genoux où il se balance à nouveau. Je le berce contre moi. Pauvre petite chose. À l'hôpital, on l'attache sur un lit, on lui enfonce un tuyau dans la bouche jusqu'à l'estomac, et la nourriture y dégringole directement, propulsée par un petit moteur électrique. Une horreur. Comment faire pour lui épargner ça... ?

– Ça y est, petit Gauthier... Ça y est...

Dovit s'y met aussi. Elle a le don de dédramatiser les situations :

– Voilà, on le jette à la poubelle, le vilain petit pot ! Vilain petit pot qui a fait du mal à Gauthier ! Ouh ! la saleté de petit pot ! Saleté de saleté de saleté !

Et Gauthier éclate d'un rire étrange. Il s'échappe brutalement de mes bras, se jette par terre, se balance plus fort que jamais, agite les bras en tous sens, en riant tout ce qu'il peut. Dovit en a les larmes aux yeux :

– C'est la première fois qu'il rit ! La première fois !

L'infirmière qui nous ramène Antoine dans son fauteuil roulant contemple ce spectacle avec stupéfaction. Je suis sûre que nos méthodes déconcertent cette femme en blanc. Nous travaillons à l'instinct, sans théorie, et elle nous retrouve souvent à quatre pattes, à la poursuite de Gauthier ou de Bruno en crise, avec un étonnement tout professionnel.

Antoine s'inquiète :

– Il pleure encore, Gauthier ?
– Non, il rit !
Le visage d'Antoine se détend aussitôt :
– Tu ris, Gauthier ? Tu ne pleures plus ? Je suis bien content ! Tu sais, Mujo, moi aussi j'ai pleuré quand maman m'a enlevé mon biberon pour me faire manger à la cuillère. Je crachais partout, comme lui !
– Biberon !
Antoine vient de prononcer le nom magique. Je cours vers Dovit, lui attrape les mains et la fais tournoyer à travers la classe.
– Mais elle est folle, elle va me mettre par terre ! Qu'est-ce qui t'arrive ?
Antoine éclate de rire, immédiatement suivi par Gauthier, qui commence à y prendre goût.
– Le biberon ! Il faut essayer le biberon !
Emportée par mon enthousiasme je n'entends pas Jean-Pierre entrer. Les bras croisés, il me regarde sauticoter au milieu de la classe.
– En guise de progrès, j'appelle plutôt ça faire machine arrière...
Là, je suis calmée d'un seul coup. Et sur la défensive.
– C'est pas plus mal, de reprendre tout à zéro ! C'est peut-être ce qu'il veut, ce gosse, après tout ! De toute façon, quand on touche le fond, on ne peut que remonter !
Sans un mot il hausse les épaules et tourne les talons. Bon débarras. Il peut penser ce qu'il veut, dire ce qu'il veut, je m'en fiche : c'est Gauthier qui compte.

Le lendemain, le biberon qu'on a réclamé à la maman est là, dans le fond du panier, enfoui sous les petits pots, les bavoirs et les torchons. Je suis tellement impatiente que, bien qu'il soit huit heures et demie du matin, j'essaierais bien tout de suite.

À midi, j'installe Gauthier tout contre moi, je prends le biberon et je l'introduis doucement entre ses lèvres. Il se laisse faire sans résistance et tète dans le vide comme un nouveau-né. Mon Dieu, ça marche ! Je surélève un peu le biberon pour que le contenu du petit pot emplisse la tétine.

Dès que la bouillie lui glisse dans la gorge Gauthier se met à hurler, repousse le biberon et commence à recracher. Le bœuf-carottes dégouline le long de ses joues, sans qu'il songe à l'essuyer. Je commence à le nettoyer tout en le rassurant :

– Allez ! allez ! Calme-toi, c'est fini, c'est fini...

Il ne veut pas du bœuf-carottes ? Essayons autre chose...

– Dovit ! Tu peux aller chercher du lait à la cuisine ?

Antoine comprend au quart de tour.

– Et du sucre ! Il faut lui mettre du sucre, aussi.

– Dis donc, toi ! Et tes gommettes, tu arrives à les coller ?

Debout, attaché à sa table de travail, prisonnier du corset de fer qui le maintient depuis les pieds jusqu'aux épaules, Antoine décolle avec application les petits ronds colorés qu'il doit reporter sur une ligne de points en relief.

– Tu sais, Mujo, mon doigt, il suit bien la ligne, mais c'est la ligne qui suit pas bien mon doigt.

– Bourricot de ligne qui tient pas en place !

C'est, bien sûr, une réflexion de Dovit, qui revient avec le lait.

Deuxième essai. Je glisse la tétine dans la bouche de Gauthier. Dovit reste à côté de moi, un torchon déplié à la main comme une cape de toréador, au cas où...

Pas de cris, pas de pleurs, pas de hurlements... Gauthier déglutit, avale. Je n'ose plus bouger.

– Mujo, qu'est-ce qu'il fait, Gauthier ? Il pleure pas ?

– Non. Il boit son biberon, tout entier, sans rien dire.

Ravi, Antoine lâche ses gommettes et se met à applaudir des deux mains. Les deux Guillaume, un moment stupéfaits, l'imitent. Alors Gauthier repousse doucement le biberon du bout de la langue et tape dans ses mains, lui aussi.

Je ne sais même pas s'il comprend que tous ces applaudissements sont pour lui, mais il quitte mes genoux et, debout au milieu de la classe, il trépigne de joie en continuant à s'applaudir. Tout émue, Dovit a, une fois de plus, les larmes aux yeux.

Seul Bruno est indifférent à l'allégresse générale. Tirant la langue, transpirant comme un éléphant, il décolle laborieusement ses gommettes et, toujours la langue pendante, les colle n'importe où, sur la feuille ou sur la table, mais colle les gommettes.

C'est une étape extraordinaire que nous venons de franchir. Le biberon n'a pas gommé l'angoisse, mais il a transformé en moments privilégiés, presque empreints de tendresse, les batailles quotidiennes pour les repas. Cependant, même si elle a changé de rythme, la corrida persiste. Dès que Gauthier comprend que l'heure du biberon arrive, il se sauve pour essayer de nous échapper. La peur de la nourriture est toujours présente. Alors je le berce, je le console, le rassure, et je biberonne.

Le biberon magique demandera tout de même du travail. Avant qu'on puisse le lui mettre dans la main, et qu'il le porte à sa bouche tout seul, il nous faudra une saison scolaire. Mais Gauthier échappera désormais au gavage à l'hôpital. Le psychiatre constate les progrès, mais ne donne ni explication ni recette. On se débrouille seules, Dovit et moi, pour franchir les étapes. Gauthier n'est pas anorexique. Son refus de la nourriture fait partie de l'autisme — refus de vivre, de se socialiser, d'avoir un contact avec les autres.

Gauthier est dur au quotidien, angoissant. Mon cadeau de tous les jours, c'est Antoine, mon Jésus. Tous les soirs, je prépare des exercices pour lui. Il enregistre tout, n'oublie jamais une précision. Ses petits doigts parcourent les objets avec curiosité. Il a déjà découvert les formes principales, rondes, carrées, rectangulaires. Il connaît les matières, douces, lisses, rugueuses. Il distingue le bois du métal, qui garde le froid ou la chaleur. En quelques semaines, il a trouvé ses repères sur le clavier de l'orgue électrique, il déchiffre ses premières dictées, ses premières mélodies. J'établis chaque semaine mes programmes et mon emploi du temps pour lui. Les deux rubriques « échec » ou « à revoir, non assimilé » qui le concernent sont vides. Il apprend tout avec une facilité stupéfiante. Je parle de lui chez nous, à la maison. Antoine prend dans ma vie une place de plus en plus importante. Ma fille Christine qui, à treize ans, connaît mes enthousiasmes et mes passions hors limite me met en garde :

– Fais gaffe, maman, tu seras peut-être déçue. Il n'ira pas toujours aussi vite, il y a des enfants qui assimilent très vite au départ et qui stagnent ensuite. Fais attention !

Mon fils Sébastien, qui n'a, lui, que huit ans, trouve ce nouvel amour encombrant :

– Y'en a marre de ton Antoine ! On pourrait pas parler d'autre chose ?

Jaloux, mon fiston ? Je l'emmène avec moi, un après-midi où il n'a pas classe. Occupée par Guillaume et Petit Émi, je demande à mon fils d'aider Antoine à ranger des objets par ordre de grandeur. Mon fils me surveille, je surveille mon fils, nous nous guettons, en quelque sorte. Puis, à un moment où il me croit très occupée avec les deux autres, Sébastien s'approche d'Antoine, prend son pull-over à deux mains, le lui colle carrément sous les yeux :

– De quelle couleur il est, mon pull ?

– Je sais pas, moi !

Sébastien approche la laine encore plus près :

– Et là, il est de quelle couleur ? Allez, vas-y, dis-moi !

Antoine avance la main, tâte le pull, le palpe, comme s'il voulait s'en imprégner :

– Eh ben, je sais pas, moi ! Rouge !

Sébastien est catastrophé.

– Il est bleu ! Tu vois vraiment rien, alors ?

– Non. Pourquoi ?

– Rien, pour savoir. Tu ne me vois même pas, alors ?

Antoine abandonne son exercice, pose ses deux petites mains sur le visage de Sébastien et le parcourt du bout des doigts :

– Si, je te vois.

Sébastien se lève d'un bond, traverse la classe en vitesse, file par la porte toujours ouverte. Je l'entends courir dans le couloir. Antoine est resté les mains en l'air, surpris :

– Mujo, où il va, Sébastien ?

– Aux toilettes, ne t'inquiète pas, il va revenir.

Mon fils est allé secouer son émotion quelque part. C'est plus qu'il ne peut supporter. À huit ans, il a déjà décidé de ne pas pleurer devant un autre « homme ».

Le soir à la maison, avant d'aller se coucher, il m'apporte la partition d'un air à la mode :

– Tu devrais essayer ça avec Antoine. Hier, il l'a chanté avec moi.

– D'accord... Sébastien, dimanche, je déjeune chez ses parents. Je lui donnerai ta chanson.

Sourire.

Il admet mon coup de foudre, ma passion pour cet enfant qui lui ressemble tant. Il accepte que j'en fasse trop, que j'exagère, que je m'implique dans cette histoire bien au-delà de mes attributions. J'ai des enfants formidables. Deux à la maison, un en classe. Les deux premiers acceptent le troisième.

Cette saison scolaire que j'appréhendais tant, qui m'avait fait si peur, se transforme en cadeau. Je n'entends plus la petite voix, qui me taraude parfois, dans un coin de cœur : « Attention Mujo, gaffe, à force de te passionner, un jour tu vas te casser la gueule... » J'ai de l'amour plein la tête et plein les bras. Plein le cœur. On ne peut pas se casser le cœur ?

Mon enfant des autres

J'ai passé tout l'après-midi avec les parents d'Antoine. Généralement, je ne fais pas ce genre de chose, sauf en cas de danger ou de problème particulier. Or, je n'ai pas de problème particulier avec Antoine, au contraire. Sauf mon attachement personnel. C'est la première fois que je le ressens à ce point. J'ai besoin de connaître son histoire, sa naissance, le pourquoi de son handicap.

La maman raconte. Le bonheur, d'abord : « C'est un garçon. » Puis, quelques secondes plus tard, dans la salle d'accouchement, le silence du médecin. Angoisse, attente, et enfin la vérité : cette boule bizarre dans le dos d'Antoine, énorme sur ce petit corps tendre, c'est elle qui va délimiter pour toujours la partie qui sera paralysée de celle qui ne le sera pas.

Ensuite il a fallu opérer. Et, ce jour-là, ils ont compris tous les deux qu'ils ne seraient plus jamais des parents normaux, que leur vie allait désormais être centrée uniquement sur ce bébé.

Jour après jour, ils se sont attelés à cette tâche énorme, et leur existence s'est résumée à assumer et à pallier les problèmes de l'enfant. Il fallait tout prévoir en fonction des difficultés présentes et, surtout, à venir. Un sondage toutes les trois heures pour les urines, la surveillance constante de la valve placée dans le cerveau, la transformation de leur lieu de vie, l'aménagement de la maison — portes plus grandes pour le passage du fauteuil, chambre au rez-de-chaussée, plan incliné à la place des marches d'escalier.

Le pire, ils l'ont connu lorsque Antoine a eu trois ans. À la suite d'une infection urinaire, un médecin lui a administré un médicament sur lequel il était indiqué, comme effets secondaires indésirables : peut provoquer des troubles graves de la vue, risque de névrite optique...

Je veux tout savoir, je les presse de questions, alors ils m'expliquent :

– On s'est aperçus un jour qu'Antoine ne voyait presque plus. On a posé un verre devant lui pour qu'il boive, il a tendu les mains à côté et l'a renversé. Ç'a été la panique. Nous avons recommencé, même chose. On a sauté sur le téléphone pour appeler médecins, spécialistes... Le lendemain, on a filé aux Quinze-Vingts, à Paris. Il était trop tard, le médicament avait déjà partiellement détruit le nerf optique de chaque œil... L'état d'Antoine est allé en s'aggravant. En quelques semaines, il a aussi perdu la motricité des membres inférieurs. Deux mois plus tard, il ne pouvait plus se tourner dans son lit. Il nous appelait alors qu'on était tout près de lui. Il ne distinguait même plus nos ombres à contrejour. En huit jours, le noir complet s'est installé... Le plus horrible est que les médecins ont nié l'intoxication médicamenteuse et lui ont changé une valve qui fonctionnait bien. Nous, on a fait des recherches, on a appris que des cas semblables avaient été signalés au Japon, on savait que le médicament était responsable, mais les médecins ont eu peur d'être attaqués et ont tous nié. Depuis, les langues se délient...

Je bondis d'indignation et de colère.

– Il y avait une erreur humaine, une erreur médicale, il faut demander réparation ! Devant un accident médicamenteux de ce genre, il y avait moyen d'obtenir réparation pour Antoine ! Un enfant comme lui, aveugle à cause d'une pilule ! Et la Sécurité sociale ne dit rien ? Ne fait rien ? Elle paye des cures à toutes les grands-mères qui toussent un peu pour leur refaire des poumons neufs, et à Antoine, rien ! Il a droit à l'aide d'une tierce personne ! Vous avez vous, tous les deux, le droit d'être soulagés du poids de son entretien. Vous n'avez pas demandé à ce qu'il devienne aveugle ! Il n'est pas né aveugle ! Il faut vous battre ! Réclamer des subsides pour l'aider.

Anne et Marc me regardent piquer ma colère avec un peu d'étonnement. Lui n'est pas combatif à ce point, elle est surtout attachée à régler les problèmes quotidiens. Je devine que se lancer dans une colère comme la mienne et demander

« réparation », si l'on peut dire, de cette erreur humaine qui a plongé leur gosse dans le noir pour le restant de ses jours, ça les inquiète un peu. Et puis au fond... de quoi je me mêle, hein ? De quoi tu te mêles, Mujo ?

– Je sais que vous faites tout pour lui, mais plus tard...

Ce n'est pas facile à exprimer, pas facile à dire à des parents qui souffrent déjà tellement. Plus tard, un jour, lorsqu'ils ne seront plus là, que va devenir Antoine ? Il a une telle soif de vivre, d'apprendre, de réaliser des choses. Tellement besoin d'un « plus tard ». Seulement, pour certaines personnes, ce plus tard est très loin. Chacun se dit qu'avant d'y arriver il se passera des tas de choses, que la situation évoluera.

– Plus tard, dit Anne. On y pense, bien sûr...

Puis, après un silence :

– Vous faites beaucoup pour lui, c'est formidable. Il ne parle que de vous, en rentrant le soir. Il vous réclame, même...

Une vague de bonheur m'envahit. Je les aide à apporter à cet enfant de quoi alimenter son esprit, l'éveiller à la vie. Je me sens fière et heureuse. Je n'imagine pas une seconde que cette mère puisse être, un jour, jalouse de mon amour possessif à l'égard de son fils. Antoine est son enfant. Mais moi je me dis, sans même réfléchir que, s'il arrivait quelque chose aux parents, s'ils n'étaient plus là pour s'occuper de lui, je prendrais la relève. De toute façon, ils ne le laisseront jamais partir dans un hôpital ou dans une maison spécialisée. Je serai là si besoin est. Je m'occuperai de lui. Ils l'acceptent sans que la chose soit réellement formulée. Accord tacite entre nous.

J'ai assisté plusieurs fois aux séances de sondage. Au début, c'est très impressionnant, et puis on s'habitue. Aujourd'hui, Monique, l'infirmière habituelle, est malade. J'aime beaucoup cette jeune femme dynamique, gaie, toujours positive. Elle s'occupe remarquablement bien d'Antoine. L'infirmière en chef venue la remplacer, visiblement contre son gré, me déplaît en une seconde. Pincée, l'air professionnel résigné aux tâches difficiles, elle prend la petite valise contenant le nécessaire d'Antoine et l'emmène dans son fauteuil roulant sans dire un mot. Le gosse n'ose pas protester, mais à la façon dont il serre les mains sur sa poitrine, je le sens inquiet de ce silence indifférent...

Guillaume et Petit Émi se chamaillent, Gauthier se balance dans son coin, Bruno tire la langue de côté sur ses gommettes... Dovit s'occupe d'eux, je peux donc aller faire un tour dans la salle de psychomotricité, où la « pincée » a conduit mon Antoine.

Elle a sorti une sonde de sa mallette et, sans prendre le temps de se laver les mains, elle l'enduit de glycérine puis s'approche de l'enfant. Au bout de trois centimètres, la sonde refuse de passer. La pincée s'agace et essaie de forcer le passage, en grommelant :

– Allons ! Ne te contracte pas comme ça, voyons ! Je n'y arriverai jamais !

Elle m'énerve !

– Antoine ne se contracte pas, il est paralysé !

– Oh ! vous ! Si vous n'êtes pas contente, vous n'avez qu'a prendre ma place !

Je n'attendais que ça.

– Alors là, aucun problème ! Tirez-vous de là et donnez-moi ça !

Encore une fois, je n'ai pas réfléchi. Je me suis laissé emporter par mon caractère soupe au lait, hyperactif, qui ne supporte pas l'incompétence, le n'importe quoi et, surtout, le dédain. Mais voilà, je n'ai fait qu'assister aux séances de sondage, je n'en ai jamais pratiqué. La sonde à la main, j'ai l'air malin, maintenant, devant mon gosse ! Bah ! Après tout, il y a une première fois pour tout, ses parents aussi ont dû s'y faire. Ils ne sont pas médecins, moi non plus, mais si ce problème était tombé chez moi, il aurait bien fallu que je m'y adapte, comme eux !

Article 1, se dit « poudre aux yeux », prendre son courage à deux mains. Article 2, essayer de bien faire ce que l'on prétend savoir faire.

– Antoine, mon bonhomme, on y va, on va pisser tous les deux !

Il rit et tape dans ses mains. J'ai déjà un supporter, et c'est le seul qui m'intéresse. L'infirmière, vexée, a tourné les talons. Seule, je me sens mieux.

Je lis les instructions dans la petite valise. D'abord, se passer les mains à l'alcool.

– Antoine, on va pisser les mains propres. Un coup d'alcool pour moi, un pour toi sur les mimines...

Il rit toujours.

– Ensuite, nettoyer le bout du zizi au Dakin...

– Hé ! Mujo ! t'es malpolie ! On dit pas zizi, on dit la verge, ou le sexe !

– C'est du langage d'hôpital ! Chez moi, on dit zizi, c'est plus sympa. On y va, nettoyage zizi ! Tu n'as pas mal ?

– Non...

Il rit. Je me retrouve comme à la naissance de mes enfants, au moment du bain, quand le bébé, ventre à l'air, rigole et gigote à l'aise.

Un baiser sur le nombril, juste en dessous des cicatrices qui strient le petit ventre paralysé, puis je souffle. Antoine éclate de rire... Moment de tendresse privilégié entre lui et moi, soin du corps d'un tout petit enfant — à cinq ans, il a l'air d'un gros bébé. Mon émotion est particulière. Un lien de plus en plus étroit se crée entre Antoine et moi. Instinctif. J'aime d'amour cet enfant-là, qui m'a été prêté par hasard. Qui est passé des bras de son père aux miens. J'aime ce corps de souffrance. Il est toute douceur et tendresse. Je peux embrasser les cicatrices, je peux caresser tendrement les petites jambes inertes.

La sonde résiste un peu à l'entrée de la vessie, j'insiste en douceur, c'est fait.

– On fait pipi !

Le petit filou répète avec délices :

– On a fait pipi !

Au fond, je n'aime pas beaucoup que l'on s'occupe de lui à ma place. Lorsqu'il s'agit de Monique, sa gentille infirmière, je passe le relais sans problème, mais dès que je sens une indifférence, un comportement qui ne peut qu'être stressant pour lui, je bondis.

J'en fais trop ? C'est l'avis de Jean-Pierre, qui, à la réunion suivante, amène le sujet sur le tapis :

– Il est temps que quelqu'un te le dise : tu lui passes tout, à ce gosse. C'est quoi, cette histoire à la piscine ? Tu t'es engueulée avec le maître nageur ?

– Absolument !

– Je tiens simplement à te rappeler qu'il faut éviter de faire des histoires avec ce gosse ! Ici, tout le monde pense que tu t'attaches beaucoup trop à cet enfant. Tu t'investis trop. Tes raisons te regardent, mais je serais partisan qu'Antoine retrouve une ambiance plus neutre.

– Et moi, que le maître nageur fasse attention à ce qu'il fait. Il a installé Antoine au bord de la piscine, sans soutien, alors qu'il est paralysé, et il lui a dit : « Saute ! je te rattrape ! » J'ai failli lui dire : « Attention, il ne tient pas en équilibre, il va sauter dans le noir... » Et puis je me suis volontairement tue. Comme tu dis, pas d'histoires ! Ce type est kinésithérapeute, maître nageur, il sait ce qu'il fait... Bon... Le résultat est qu'Antoine a sauté d'emblée, plouf, en toute confiance, et cet imbécile ne l'a pas rattrapé ! Il a tout juste saisi les deux mains qui dépassaient de l'eau pour faire remonter le gamin. Antoine est ressorti dans un état ! Il avait bu la tasse, il paniquait, il était bleu, il hurlait... Alors j'ai foncé, je l'ai pris contre moi, et j'ai dit à l'autre d'aller faire l'imbécile ailleurs !

– Tu l'as traité de con, et il paraît que tu as failli le gifler !

– J'ai failli seulement ? Dommage ! Antoine a eu tellement peur qu'il a fait des cauchemars toute la nuit. Sa mère a appelé, je lui ai expliqué, et elle aurait fait comme moi ! On n'a pas idée de foutre la trouille de l'eau à un gosse comme lui, alors qu'il ne l'avait pas avant !

Colère est de retour. Je suis colère contre ce kiné stupide. Colère contre Jean-Pierre, dont je sens l'animosité. Je le soupçonne de vouloir m'enlever Antoine, au nom de la sacro-sainte neutralité envers les enfants que l'on nous confie en classe. Comme si c'était facile, d'être neutre devant des bouts de choux qui réclament de l'amour à chaque seconde, dont c'est le meilleur soutien, l'unique médicament pour progresser un peu !

Neutralité ! Professionnalisme ! Je marche au pif, moi ! À l'instinct ! Et si j'en fais trop, c'est toujours mieux que pas assez !

Je m'attends à d'autres prises de bec. La réunion mensuelle fait le point sur les progrès des enfants, et j'ai le vague sentiment que l'on va mettre en doute tout ce que j'entreprends à partir de maintenant.

Je commence prudemment par Bruno :

– Il fait ce qu'il peut, il s'occupe, il est tellement heureux qu'il fait plaisir à voir. Il n'y a pas de véritables progrès... la dégénérescence cérébrale le tire plutôt dans l'autre sens.

Je passe aux deux Guillaume :

– Petit Émi et son jumeau ont entamé la lecture.

Jean-Pierre contre-attaque aussitôt, le ton sarcastique :

– La lecture ? Tu n'as pas peur des mots ! Ils ne liront jamais, et tu le sais bien !

Calme, Mujo, calme...

– D'accord, rendez-vous à la fin de l'année. Ils reconnaissent déjà les voyelles, ils commencent à déchiffrer certaines syllabes simples. On avance.

Il hausse les épaules.

– S'ils ne comprennent pas ce qu'ils font, je ne vois pas l'intérêt.

– Qui dit qu'ils ne comprennent pas ? Ils ont découvert les mots « papa », « maman ». Ils en ont fait des étiquettes toute une journée. Ils les ont rapportées chez eux pour les coller sur tout ce qui appartient à leurs parents !

Cloué, le bec de Jean-Pierre. Je me sens mieux.

– Pour Gauthier, j'ai vu le psychiatre hier. C'est plus difficile à évaluer, mais il est formel : Gauthier a fait des progrès. Rien sur le plan scolaire, évidemment, mais on a fait beaucoup de choses avec lui. Il tète pas mal de nourriture liquide avec son biberon, on va passer au jambon moulinette avec de la purée. Jusqu'ici nous n'avons essayé que le sucré.

Jean-Pierre attrape la balle au bond :

– Effectivement, ce ne serait pas un mal que ce gosse avale autre chose que du sucré ! Vous avez vu ses dents ? Si on peut appeler ça des dents !

– Que veux-tu qu'on fasse ? Envoyer un gosse comme lui chez le dentiste ? Avec la roulette ? Pour qu'il saute en l'air et hurle de trouille ? Il accepte déjà à peine qu'on le touche... On fait ce qu'on peut. Je ne suis pas psychiatre, Dovit non plus, mais nous sommes sa dernière chance ! La réalité c'est qu'il progresse, qu'il est moins agressif, qu'il sirote un biberon, et qu'il a moins besoin de séances de gavage... Donc, je continue, et votre avis sur la formation, je m'en tamponne !

Je parle mal, j'envoie promener, je m'énerve... Et ce n'est pas fini. Jean-Pierre a gardé le meilleur pour la fin.

– L'inspectrice de l'enfance inadaptée m'a convoqué hier, elle a un nouveau cas. Marion, sept ans. Les médecins pensent qu'elle relève de l'hôpital psychiatrique. Elle ne parle pas, elle ne marche pas, et elle n'a pas d'yeux.

Ce résumé terrifiant me cloue sur ma chaise :

– Comment ça, pas d'yeux ?

– Pas de globes oculaires. Les deux orbites sont creuses, vides. Puisque cette classe existe, l'inspectrice a décidé de nous la confier.

Dovit menace de démissionner.

– Il y a déjà l'épilepsie de Bruno, l'autisme de

Gauthier, le gros handicap d'Antoine, sans parler des deux Guillaume, qu'il faut continuer à faire travailler. Comment voulez-vous qu'on s'occupe de cette gosse ? On n'a déjà pas assez de nos journées !

– Si vous prenez Marion, même à mi-temps, et je vous rappelle que c'est une décision de l'inspection, Antoine peut peut-être passer dans la classe des scolarisés. Il n'y a que lui qui n'ait pas de handicap mental. Du moment qu'il peut suivre un programme scolaire normal, il n'a rien à faire dans la classe des polyhandicapés.

J'ai froid partout. De la tête aux pieds. Mon sang se glace dans mes veines. Il est fou ! Il veut me prendre mon Antoine, mon bébé, mon Jésus. Il veut le mettre chez Plume-Plume ?

– Je refuse. De toute façon, Plume-Plume ne le sondera jamais en cas de besoin.

Plume-Plume confirme. Jean-Pierre rétorque :

– Il y a des infirmières pour ça.

– Elles ne sont pas toujours là.

– Plume-Plume peut se débrouiller pour le sonder aux heures des repas, je ne sais pas, moi... n'importe quand.

– Parce que ça peut se faire n'importe quand, à ton avis ?

Je m'emballe, je résiste, je m'enferre :

– On fait ça toutes les trois heures, et pas en fonction de nos horaires à nous, mais en fonction du sondage précédent. Sinon, c'est l'infection. Puis merde ! J'ai construit tout un programme pour lui, je le garde.

– C'est bien ce que je disais, tes sentiments personnels l'emportent. Alors que la seule chose qui compte, c'est l'intérêt de l'enfant. La place d'Antoine n'est pas chez les polyhandicapés. Il n'a rien à y faire.

– Si ! Il apporte énormément aux autres, il est dynamique, il a une joie de vivre communicative, ses réflexions sont toujours pertinentes ! De plus, avec l'aide de Dovit qui se charge des autres, je peux m'occuper beaucoup plus de lui qu'on ne le ferait dans l'autre classe. L'emploi du temps y est déjà trop chargé. Et puis qui va l'installer dans son appareil pour le faire tenir debout ? Qui va le lui retirer ? Qui va le mettre dans son fauteuil ? On a déjà essayé de le mettre à côté pour le travail de calcul au boulier, il ne veut rien faire, il est perdu dans cette classe. C'est sa première année, il n'a que cinq ans !

– Tu as un intérêt personnel à garder cet enfant, ou quoi ?

Je le fusillerais si mon regard était armé !

– Ou alors c'est inconscient de ta part ?

– C'est tout à fait conscient.

– Tu es en train d'en faire un enfant gâté. Tu le trouves parfait, bien sûr, mais avec nous, il se montre capricieux et difficile.

– Moi je n'ai rien à lui dire, rien à lui reprocher. Il fait toujours tout ce qu'on lui demande. Il est toujours de bonne humeur, heureux de vivre, plein d'humour et de tendresse.

– S'il accepte tout avec toi, c'est qu'il s'attache

beaucoup trop à toi. Je te rappelle que tu n'es pas sa mère !

Il a tapé fort, le traître.

– Ce que vous refusez d'accepter, en fait, c'est que ça marche, que tous les deux on se comprenne si bien. Ça, ce n'est pas supportable de la part d'une éducatrice et d'un enfant ?

– Tu montes tout de suite sur tes grands chevaux. Je n'ai pas dit ça, calme-toi.

– Je n'ai pas envie d'être calme en ce qui concerne Antoine. Je fais tout ce que je peux pour lui. J'aime cet enfant et il me le rend bien, ce n'est pas un crime, que je sache. Vous n'en vouliez même pas quand il est arrivé. S'il faut prendre Marion, je prendrai Marion, mais si, un jour, je m'attache à elle aussi, il ne faudra pas me chercher des poux dans la tête !

Colère a dépassé ma pensée. Je me lève, flanque un coup de pied dans la chaise.

– Si quelqu'un a autre chose à dire, qu'il en profite, c'est le moment !

Plume-Plume a quelque chose à ajouter :

– Antoine progresse tellement bien ! Peu importe, quand il fait quelque chose, qu'il le fasse pour Marie-Jo ou pas. De toute façon, c'est lui qui aura le bénéfice de ce qu'il aura appris, des progrès qu'il aura faits. Moi, j'ai du mal à maintenir le rythme du programme scolaire des enfants. Alexandre progresse en français, mais je ne vois pas comment l'intégrer l'an prochain dans une classe de CM1 avec des enfants voyants s'il est du niveau CP en maths, s'il ne peut pas faire un pas tout seul, ni enfiler son blouson sans aide. Véronique prend confiance en elle : il faut que je m'en occupe davantage pour la faire avancer. Quant à Yves, il est très en retard sur le programme... C'est l'intérêt de tous, y compris d'Antoine, qu'il reste avec Marie-Jo.

Malgré l'efficace collaboration de Plume-Plume, malgré l'affectueuse complicité de Dovit, les accrochages avec Jean-Pierre sont de plus en plus pénibles. J'en suis malade. Je sens bien que je n'ai pas entièrement raison. J'ai outrepassé mes fonctions. Ai-je le droit de m'introduire dans la vie d'Antoine ? D'essayer d'aider ses parents ? De m'en occuper le week-end et les jours fériés, de l'emmener partout avec moi ?

Comment font les autres ? Ceux qui n'ont pas de passion ?

Ils dorment leur vie. Pas moi.

Les larmes du Père Noël

À travailler comme des sauvages, au milieu des gommettes, des chansons, des bavoirs, des calins et des disputes, nous n'avons vu filer ni octobre ni novembre. Et nous voici à préparer Noël. J'ai relevé dans un hebdomadaire gratuit le règlement d'un concours. Tous les enfants peuvent y participer, il suffit d'envoyer un dessin sur le thème de Noël à une adresse indiquée. Dès le lundi matin, nous nous y mettons.

C'est l'effervescence dans les deux classes. Durant toute la semaine, les grands font des boulettes avec du papier crépon de couleur. Avec sa roulette, Dovit a délimité des Pères Noël et des sapins dessinés en creux. Tout le monde se met au remplissage : il s'agit de tremper les boulettes dans de la colle et d'en garnir l'intérieur des arbres et des bonshommes. Ensuite, les enfants inscrivent leurs noms sous chaque dessin, à l'aide des machines Perkins. Nous aidons ceux qui ne savent pas écrire à taper eux-mêmes leur nom. Je spécifie « classe d'enfants aveugles », avec l'âge de chaque enfant. Et nous expédions le tout à l'adresse du concours.

Quarante-huit heures après, les organisateurs, bouleversés par les réalisations des enfants, appellent au téléphone. Ils viennent eux-mêmes attribuer les récompenses : des tambours, des trompettes, des instruments de musique divers, tous les jouets sonores qu'ils ont pu trouver.

Nous vivons un après-midi de tintamarre infernal et joyeux. On a appris aux enfants comment projeter des boulettes à travers des tubes de carton, et ça vole dans tous les sens.

Les organisateurs nous offrent également un énorme goûter. Nos gamins sont si heureux que je décide de préparer une grande fête pour Noël. Une vraie, avant les vacances, pour nous récompenser des progrès que nous avons accomplis depuis la rentrée.

Je demande un sapin de Noël à la réunion. Réponse :

– Pourquoi faire ? Ils ne le verront pas !

Le genre d'argument capable de me faire grimper aux arbres. Je m'en fiche, je veux un sapin, le plus grand et le plus gros. Nous le décorerons de guirlandes en papier. Je vais nous faire un Noël dont on se souviendra longtemps. Pour ça, je peux mettre la main à ma poche, mais pour le gâteau, c'est plus compliqué. Il me faut un immense gâteau de Noël, et je n'ai pas le matériel nécessaire, pas de moule, pas de four assez grand, rien. Je peux acheter les ingrédients, mais il me faut quelqu'un pour le réaliser.

Je pense à ma copine Solange. Je l'aime bien, je crois qu'elle a bon cœur, et elle a dans ses relations un copain pâtissier dans un hypermarché. Il lui rapporte régulièrement des pains rassis, ou des pâtisseries invendues, pour ses poulets et pour elle. Je ne réclame pas la charité, je suis prête à payer, j'ai seulement besoin d'une aide technique.

Solange écoute ma requête, me donne à regret les coordonnées de son copain et tourne les talons. Je la sais soupe au lait, mais tout de même...

À mon arrivée chez lui, je surprends le pâtissier au téléphone. J'entends la voix tonitruante de Solange dans le combiné :

– Elle nous emmerde avec ses gamins aveugles ! Ça fait deux ans que tu me rapportes les invendus, il n'y a aucune raison que tu les lui donnes !

Le pâtissier essaie de plaider ma cause :

– C'est juste une fois pour Noël !

– Noël ou pas, tu vas te faire embobiner avec ces histoires d'aveugles...

Charité bien ordonnée...

Je suis fâchée avec ma copine. J'oublie jusqu'à son prénom.

Le pâtissier, bien ennuyé, comprend que j'ai entendu la conversation.

– Vous avez combien de monde, pour votre Noël ?

– Avec les familles et les enseignants, une cinquantaine.

– Pas question de vous donner des invendus. Je vais vous confectionner le plus beau gâteau de Noël que j'ai jamais fait ! Je le ferai aussi beau que si vos gosses pouvaient le voir ! Ce sera mon cadeau de Noël. Et mon Noël à moi. Un vrai.

Il tient sa promesse. Le jour « J », il nous apporte une chose colossale, superbe. Une forêt-noire, avec des petites maisons et un sapin en pâte d'amande, des bûcherons, de la mousse, du chocolat partout, des couleurs... un gâteau de concours, qu'il aurait pu faire admirer dans sa vitrine pendant des jours et des jours. Une merveille que tout le monde vient contempler.

Notre classe est la plus belle. Avec les enfants, ceux de Plume-Plume comme les miens, nous avons mis des heures à la décorer. Le sapin disparaît sous les guirlandes multicolores de papier crépon et les paquets enrubannés. Tous les magasins que j'ai contactés ont répondu présents, sauf un ou deux, qui se sont contentés de me refiler de vieux jouets de vitrine, ou abîmés par des clients. Il y a des peluches, des jouets mécaniques, des instruments de musique et des poupées. Les gamins sont excités comme des puces, l'atmosphère est à la fête, ils ne cessent de toucher à tout, de danser sur place, le visage illuminé.

Quand je repense à cette réflexion : « Pourquoi faire, puisqu'ils ne voient pas ? », j'ai envie d'étrangler l'administration tout entière.

Antoine croit au Père Noël. Christophe et Alexandre aussi. Gauthier, difficile de savoir.

Guillaume et Petit Émi ont mis les mains devant leur bouche, avec un bel ensemble, et prennent des airs mystérieux devant l'arbre aux cadeaux. Ils ont fait des efforts méritoires pour ne pas se trahir devant les petits.

Le Père Noël existe, nous l'avons même rencontré. C'est un copain, retraité. Il habite près de l'école et voit passer régulièrement les ambulances des enfants et le fauteuil roulant. Lorsqu'il fait beau, il se met à sa fenêtre et il me demande :

– Ça va, l'école ? Les petiots, ça marche ?

Il s'est proposé lui-même pour être notre Père Noël. C'est un calme, un doux. Avec ses cheveux blancs, il n'aura pas besoin de perruque. Je lui parle souvent des progrès d'Antoine et des deux Guillaume, de mon angoisse devant l'implacable régression de Bruno. Il connaît tout ce petit monde par mon intermédiaire.

Nous attendons que surgisse le Père Noël. Il est arrivé en tenue, le dernier, après les éducateurs, les infirmières, les rééducateurs, les parents et les amis. Je l'ai installé derrière la porte, dans sa belle tenue rouge, avec sa barbe blanche. Il attend fébrilement le signal pour entrer dans la classe.

Dovit commence :

– Chut ! Vous n'avez rien entendu, les enfants ? Écoutez... On dirait qu'on a frappé...

Tout le monde s'arrête net. Gauthier cesse de se balancer, Antoine, lui, n'y tient plus et tape dans ses mains en criant :

– Vite ! Ouvrez-lui ! C'est le Père Noël !

Le Père Noël fait son entrée, lève ses deux gants blancs vers le ciel, et clame d'une voix tonitruante :

– Joyeux Noël, les enfants !

Puis il regarde la petite troupe s'avancer vers lui, le représentant universel du bonheur des petits, le bon vieillard compatissant, venu du ciel avec ses rennes et son traîneau...

Il regarde... Et, pour la première fois, il VOIT. Il découvre les mains tendues en avant, les démarches hésitantes, nos dix petits avec leur regard vide d'expression et leurs yeux morts tournoyants dans les orbites...

Il reste là, planté au milieu de la pièce, la bouche grande ouverte, à les fixer. Il ne connaissait que des silhouettes, des ombres qui passent... Il savait bien que les enfants étaient non voyants, mais confronté au désastre, aux atteintes physiques, à l'absence de vue, de regard, à toutes ces mains tendues vers lui, il s'effondre. Son regard accroche le fauteuil d'Antoine, les sangles qui le tiennent, et il éclate soudain en sanglots convulsifs.

Les enfants s'immobilisent aussitôt, inquiets, et, dans le grand silence qui s'installe, on n'entend plus que le bruit des sanglots. Les adultes ne savent pas quoi faire. Une larme roule sur la joue de Dovit. Moi, j'ai un grand creux dans l'estomac. J'entends comme dans un brouillard la voix d'Antoine :

– Mujo ? Qu'est-ce qu'il a, le Père Noël ?

– C'est... le bonheur, mon chéri. Il est si

content de voir tous les enfants heureux, et tous les cadeaux...

J'ai répondu sans réfléchir, mais j'ai prononcé le mot magique : « cadeaux ».

Tous les gosses reprennent vie immédiatement et trépignent sur place :

– Les cadeaux ! Les cadeaux sont arrivés !

Je fais signe à Dovit, qui enchaîne aussitôt :

– Hourra pour les cadeaux ! Bravo pour les cadeaux ! On applaudit bien fort pour les cadeaux !

Gauthier saute sur place. J'ignore s'il comprend, mais la joie se déverse à nouveau sur toute la classe, les enfants, les parents. Dovit se précipite sur les paquets pour déchiffrer les noms écrits en braille.

Pendant ce temps, je saute sur mon Père Noël, qui continue à sangloter dans le tohubohu. Je l'entraîne dans le couloir, referme la porte, furieuse :

– Mais ça ne va pas ? Qu'est-ce qui t'a pris ? Tu veux leur gâcher leur fête ?

– Pardonne-moi, c'était plus fort que moi... C'est de les voir comme ça... Je, je n'ai pas supporté...

– Tes états d'âme, je m'assieds dessus, mon vieux. Il y a là, derrière cette porte, dix enfants qui t'attendent depuis des heures pour faire la fête ! Ils attendent leur Père Noël. Tu n'as pas le droit de faire ça ! Tu m'entends ? Tu n'as pas le droit de craquer !

– Je ne pourrai pas, je t'assure, je n'y arriverai pas...

– Oh, si ! Tu vas pouvoir ! Ce sera ton cadeau à toi.

Je l'étouffe sous un paquet de serviettes en papier :

– Mouche-toi, respire un grand coup, on y va ! Tu pleureras après !

Et sans le laisser réfléchir, je le pousse dans la salle de classe en hurlant :

– Le Père Noël est prêt pour la distribution des cadeaux ! Qui veut des cadeaux, qui veut les cadeaux du Père Noël ?

Dovit prend un paquet et déchiffre le premier nom en douce :

– Antoine !

Et le Père Noël répète d'une voix forte :

– Antoine !

Ainsi de suite, pour Gauthier, Bruno, les deux Guillaume, Yves, Alexandre, Véronique, Christophe...

Les parents aident à défaire les paquets. Le Père Noël a repris des couleurs. Ses lèvres ne tremblent plus quand il annonce :

– Le gâteau ! Nous allons découper le gâteau ! Et le MANGER !

Dix paires de petites mains impatientes se mettent immédiatement à explorer la magnifique forêt-noire, avec ses maisons aux toits de sucre rouge, ses sapins en pâte d'amande verte, ses bûcherons aux chapeaux ronds...

– C'est quoi, ça, Mujo ?

– Un sapin tout vert en pâte d'amande...

– Dovit, qu'est-ce que c'est ?

– Une petite maison en chocolat, avec une cheminée rouge !

Ils le voient, ce gâteau, j'en suis sûre. Mon pâtissier peut être fier. Ils le voient avec les mains, et la bouche, et le nez. Lorsqu'ils ont fini de le regarder, le gâteau ressemble à un champ de bataille. Ils en ont partout, sur les mains, les lèvres, les joues, le bout du nez. Ils sont barbouillés de toutes les couleurs. Le Père Noël distribue les restes et ils repartent, fatigués, heureux, couverts de cadeaux, et crottés de chocolat.

Après les chants, les cris, les rires des enfants, on n'entend plus, dans la classe, qu'un drôle de petit bruit étouffé. Seul, assis par terre au milieu des papiers cadeau déchirés, le Père Noël laisse libre cours à son chagrin.

Les explorateurs

Certains jours je suis vraiment lasse. Il me prend des envies de claquer la porte, de tout arrêter, de faire un autre métier ou d'aller dormir sur une plage au soleil, armée de la bienheureuse fainéantise de ceux qui ne voient pas plus loin que le bout de leur bronzage. Envie de me sauver en courant, de laisser ces enfants à leur détresse, à leurs parents épuisés. À leur vie sans espoir.

Aujourd'hui, Marion arrive. Ce que nous savons d'elle, pour l'instant, concerne surtout ses parents. Ils ont la trentaine tous les deux et sont d'un milieu simple d'ouvriers spécialisés.

Embourbés dans un drame à deux, ils s'accusent mutuellement de l'état de leur fille. Il prétend que sa femme a pris volontairement des médicaments pendant sa grossesse pour se débarrasser de l'enfant; elle affirme que c'est faux, que le médecin lui a prescrit un traitement dont elle avait réellement besoin, car elle était dépressive à cause de lui.

Dès ma première rencontre avec eux, j'ai eu

droit à ce sordide déballage. Leur vie doit être un enfer. Avec, entre eux, les liant et les séparant, un bout de gamine, Marion, leur unique enfant. La maman était folle de joie à l'idée que nous l'accepterions et, malgré mes réticences, j'ai été incapable de lui refuser un bonheur comme celui-là.

À présent, j'écoute cette femme me raconter sa vie, sur un ton au débit hâché et rapide comme une moulinette :

– Je vais revivre un peu, enfin ! J'ai totalement confiance en vous... Vous comprenez, je n'ai plus de temps à moi, j'en aurai un peu, maintenant.

Elle me confie que, depuis la naissance de leur fille, elle tente désespérément de renouer avec son mari à coups de dessous affriolants, mais qu'il refuse. En revanche, toutes les autres femmes l'attirent comme des aimants.

Le père n'est pas venu accompagner sa femme et son enfant.

Marion a sept ans. C'est une petite fille aux cheveux blonds mi-longs, raides, coupés à la Jeanne d'Arc. Au fond des orbites vides, sous des paupières enfoncées et à demi collées, on devine une zone creuse, striée de rouge.

Il est difficile de décrire cette enfant tellement on est frappé par les orbites vides. On ne voit plus que cela. Impossible de dire si le visage ovale est joli ou non, tant ce vide crée un malaise.

Elle a la bouche ouverte et bave copieusement, incessamment. Sanglée sur une poussette d'enfant, elle ne répond aux sollicitations que par des gestes de colère de la main et des cris perçants.

Je chuchote à Dovit :

– Doux Jésus ! Qu'est-ce que je vais faire de « ça » ?

Marion est née ainsi, sans globes oculaires. La nature les a oubliés.

Elle refuse de marcher, alors qu'elle sait marcher. Lorsqu'elle est obligée d'avancer, elle tend les bras à l'horizontale, comme un balancier, car elle n'a pas d'équilibre. Elle ne pose pas les pieds à plat sur le sol, mais se déplace sur la pointe des pieds, comme une danseuse sur une corde. On dirait qu'elle a peur de poser les talons et de se blesser. Elle rentre le cou et la tête dans les épaules, et progresse ainsi, échassier bizarre, penchant un coup à droite, un coup à gauche. C'est affreusement impressionnant.

La mère nous laisse un panier rempli de robes pour la changer toutes les heures car, à force de baver, elle trempe tous ses vêtements. Dès que la maman a tourné les talons, j'attrape un des bavoirs en plastique de Gauthier et le lui colle autour du cou. La première des choses à apprendre à cette enfant, c'est selon moi, à fermer la bouche, comme je continue à le faire pour Petit Émi, qui tire la langue sur ses exercices. Et me voilà repartie :

– Ferme la bouche, Marion ! Allez, hop ! Si tu la laisses ouverte, les mouches vont rentrer dedans.

Curieusement, le système fonctionne du premier coup. Marion serre ses deux petites lèvres l'une contre l'autre. Alors inlassablement, toute la journée, Dovit et moi répétons en chœur :

– Marion et Petit Émi, la bouche ! Marion et Petit Émi, attention à la mouche ! La mouche va faire caca dans ta bouche ! Berk, c'est sale !

Pour Marion, nous nous attachons plus particulièrement à l'apprentissage de la déglutition.

– Ferme la bouche, avale. Ferme la bouche, avale...

La bavette est trempée, mais la robe est intacte. C'est un progrès.

En fin de journée, nous avons la satisfaction de constater que, dès que l'on crie : « Les mouches ! », elle réagit, comme une mécanique que l'on aurait remontée. Elle pince les lèvres, non pas comme une enfant qui va déglutir ou avaler quelque chose, mais comme si elle fermait une porte, ou nous répondait : « Je le fais, arrêtez de m'embêter avec ça ! » Ce n'est pas un jeu pour elle. Elle est de très mauvaise humeur, et mécontente d'être là, avec nous, parce que nous avons, avec elle, des exigences que personne n'a jamais eues. Elle a très bien compris que nous lui avons mis une bavette comme à un bébé, ça la vexe, et elle ferme la bouche au signal « mouche », comme elle nous tirerait la langue. Aucune importance, seul le résultat compte, et l'obstination.

Le soir, nous regardons partir la tribu. Ils sont six, maintenant. Les journées seront plus dures. Marion est adoptée, elle a son surnom, Zouzou, et sa bavette. Et nous, du pain sur la planche. Il faudra la faire marcher, l'empêcher de crier, lui coller des gommettes au bout des doigts.

En attendant, nous la rendons propre et sèche à sa mère, avec son panier de robes intactes. Comme la maman n'en croit pas ses yeux, j'y vais au culot, sans lui parler du bavoir :

– Ici, quand on lui dit de fermer la bouche, elle le fait, et elle ne bave pas. Elle doit donc en faire autant à la maison.

La pauvre femme me lance un tel regard de bonheur que j'ai un peu honte de mon stratagème, mais il faut que le progrès continue, il faut que sa mère lui répète à la maison :

– À l'école tu ne baves pas, tu avales, tu dois le faire à la maison !

Ainsi elle va nous aider. Thérapie un peu compliquée et marginale, mais je ne marche qu'à l'invention, au coup par coup, voire au pieux mensonge.

La pauvre femme reprend sa litanie d'accusatrice coupable :

– Si vous saviez ce que j'endure !

L'enfant est là, ficelée dans sa poussette. Elle entend. Et je parie que c'est pour cela qu'elle bave. Elle se sait l'objet du conflit entre ses parents. Elle l'exprime comme elle peut. Mais comment faire taire une maman qui a tant besoin de parler ? Le mieux serait sans doute de l'emmener parler ailleurs. Et si on allait prendre un verre ?

– Le soir, quand vous la ramenez et qu'elle n'a

pas bavé, dites-lui que vous êtes heureuse. Qu'elle est belle, une belle petite fille...

– Je le ferai, vous pensez ! C'est tellement formidable !

Il faut aussi faire quelque chose pour ses orbites vides. C'est insupportable, je ne m'y ferai jamais. J'essaie de convaincre la mère.

– Vous n'avez pas essayé les prothèses oculaires ?

– Si, mais elle les refuse, ça la dérange, ça la gêne et elle les arrache.

– C'est un handicap social énorme ! Comment voulez-vous qu'à la récréation les autres enfants aient envie de jouer avec elle ? Qui viendra lui parler ou s'occuper d'elle ? Mettez-lui au moins des lunettes.

– Elle les jette ! Elle ne veut rien qui la dérange ! Elle hurle si on insiste !

– Écoutez, allez lui chercher des prothèses, voyez un spécialiste à Paris, mais trouvez-les. Je vous promets qu'avec nous, elle les gardera ! Ça la gênera huit jours, et on y arrivera !

– On ne voulait pas l'embêter avec ça...

– Moi, je veux bien l'embêter avec ça ! C'est primordial, il faut qu'elle ait un aspect moins rebutant pour les autres. C'est pour son bien. Je l'embêterai pour son bien, d'accord ?

En fait, je passe mon temps à embêter les enfants. Je suis ce que l'on pourrait appeler, l'éducatrice « enquiquineuse ». L'empêcheuse de se balancer en rond, de baver dans les coins, l'obligeuse de faire attention aux mouches, et l'emmerdeuse du « câlin ».

Et il arrive parfois, le petit miracle. Alors je fais des bonds comme un pierrot qui danse.

Ce matin, visite chez le psychiatre particulier de Gauthier, avec la mère. Nous attendons tous les trois son arrivée dans le bureau. Je ne connais pas cet homme, je crains un peu son verdict. L'enfant est excité, il s'agite comme un diable, et touche à tout dans le bureau de l'homme de l'art. Il s'est emparé d'un presse-papiers, le porte à sa bouche, le tapote contre son nez, puis contre ses doigts. L'objet doit avoir une certaine valeur, et je me précipite pour le lui arracher au moment où le médecin fait son apparition.

– Non, laissez-le faire, il explore. C'est très bien, je ne l'ai jamais vu comme ça.

La voix est douce, en contradiction avec la masse imposante de son propriétaire. Il doit peser cent trente kilos, et je comprends la nécessité de l'énorme siège qui m'avait intriguée en arrivant. Il s'y installe pesamment, regarde en souriant Gauthier s'obstiner à cogner le presse-papiers sur son nez, puis sort un dossier d'un tiroir. Moi, je sors un agenda de ma poche.

Ayant exploré ce qui l'intéressait, Gauthier traverse la pièce. Je l'appelle. Il tend les deux mains en avant, dans ma direction, s'installe sur mes genoux et tète son pouce.

Je raconte au psychiatre nos premières bagarres pour le casque de protection, la guérilla pour l'approcher, la lutte pour le nourrir, puis la trouvaille du biberon, le câlin dans les bras comme un bébé, le début des petits jeux, la danse, la découverte des objets, les bravos de ses deux mains. J'ai tout noté, dans l'ordre.

Le docteur s'approche de Gauthier, qui ne crie pas et laisse la grosse main se poser sur sa tête. Il la prend, l'applique contre son nez et se met à la lécher, comme un petit chiot. Un peu embarrassée, j'attends la sentence.

– Il a fait d'énormes progrès. Énormes. Cela peut vous paraître peu, mais pour moi qui le connais bien, c'est réellement impressionnant. Il a fait un pas vers le monde grâce à vous. Je suppose que vous y avez mis beaucoup de tendresse et de volonté. L'entreprise n'était pourtant pas évidente. Maintenant qu'il s'ouvre à l'extérieur, faites en sorte que le monde qu'il découvre ne le déçoive pas. Dorénavant, chaque pas qu'il fait repose sur le précédent.

Le médecin tapote le crâne de Gauthier en souriant, et je me sens envahie d'une fierté éclatante. On m'aurait remis la médaille d'or des jeux Olympiques, que je serais sûrement moins heureuse.

La mère de Gauthier me sourit avec une telle reconnaissance que, pendant une petite heure, j'ai peur que ma tête ne passe plus les portes. Fière. Je suis fière de Gauthier. Comme je suis fière des progrès de Guillaume et de Petit Émi.

Ils connaissent plusieurs syllabes, maintenant, et le nouveau jeu consiste à coller des gommettes sur tous les TA, les PO ou les LU à l'intérieur d'une page. En fin de journée, les demi-feuilles de carton jaune sur lesquelles ils travaillent traduisent leurs efforts et leur bonne volonté. Elles sont couvertes de traces de doigts, de restes de gommettes collées, décollées, recollées. Chaque soir, ils glissent dans leur cartable ces précieuses reliques. Ils rapportent avec fierté quelque chose à la maison : le fruit de leur travail.

Antoine, lui, a « avalé » l'alphabet braille, avec l'aide de son père et de sa mère. Il déchiffre déjà des phrases du genre « Papa a tapé Toto », qui le font beaucoup rire, parce qu'à la maison, papa n'a jamais tapé personne.

Remontée par les encouragements du psychiatre, je reprends le collier avec gaieté. Adieu déprime, adieu colère, bonjour foulards, bonjour madras... Je joue, les enfants chantent, Gauthier, mon petit métronome, se balance en mesure... C'est le bonheur.

– Aujourd'hui, leçon de choses !

Quelque chose de nouveau. Petit Émi est ravi.

– Leçon de choses ! On va faire leçon de choses !

Perplexe, il s'arrête.

– C'est quoi, Mujo, leçon de choses ?

– Ça s'appelle aussi sciences naturelles, ou biologie. C'est l'étude de tout ce qui est vivant, et de tout ce qui nous entoure. Les animaux, les plantes, la nature, les hommes aussi, c'est-à-dire nous. Je vais vous raconter une histoire, et vous poserez des questions. Nous allons apprendre tous ensemble les mêmes choses, Antoine, Guillaume, Petit Émi, Bruno, Gauthier et Marion. Cela s'appelle une leçon collective, c'est-à-dire quelque chose qu'on fait tous ensemble.

Petit Émi se redresse, très en colère :

– Non, j'en fais pas moi, une leçon collective ! Je fais leçon de choses.

Pour une fois, Antoine se fâche :

– Ça suffit ! Nous, on fait une leçon de choses collective, et si toi, tu ne veux pas, on la fait sans toi !

Guillaume attrape la balle au bond :

– Nous, on aura un vingt, et pas toi.

Gauthier, qui s'est laissé gagner par l'excitation des autres, se lève d'un bond sans poser les mains à terre et lance les deux bras devant lui en trépignant sur place. Je calme fermement tout mon petit monde :

– On se tient tranquilles, ou la leçon de choses, ce sera pour un autre jour.

Chacun s'immobilise. Bruno croise les bras sur la table, rentre la tête dans ses épaules, et plisse très fort les yeux, comme s'il voulait se concentrer.

– Voilà l'histoire. Tous les matins, quand on fait sa toilette, on se lave. On lave son corps. De quoi est-il composé, notre corps ?

Triomphant, Antoine lance :

– Les pieds !

Les pieds d'Antoine, c'est l'endroit tabou de

son corps. Le zizi, quoi de plus banal, on y enfonce une sonde toutes les trois heures, on nettoie au Dakin, on emmaillote dans une couche, et on recommence. C'est l'endroit le moins secret de son corps. Les fesses, pareil. Sondées, lavées, elles n'ont rien, elles non plus, de personnel ou de mystérieux.

Mais ses pieds sont deux petits mystères qui pendent au bout de ses jambes inertes, sans qu'il se souvienne à quoi ils ressemblent. Les autres marchent dessus, lui non. Les autres ont mal aux pieds, lui non. Il ne les sent jamais. Ils sont donc devenus son tabou, son univers secret, son intimité. Chaque fois qu'on le déshabille, il les prend dans ses mains et explore avec curiosité les deux petits blocs de chair violets de froid.

Depuis que je m'occupe de ses sondages, nous avons instauré tous les deux un petit jeu secret, très tendre et très intime. Il me demande, comme un autre gosse demanderait de jouer au docteur :

– Dis, Mujo, on joue aux pieds ?

Je le déchausse et, d'une voix de docteur Knock, j'entame le jeu :

– Voyons, voyons... Vous avez un problème, monsieur. Vos petits pieds sont froids.

– Oui, un peu.

– Je crois, monsieur, qu'il faut masser vos pieds.

Alors il ramène ses deux poings sur sa poitrine pendant que je tente de réchauffer le bas de ses jambes, bleui par la mauvaise circulation. Je souffle, je masse, je joue à la petite maman avec son bébé. Les pieds d'Antoine sont notre conversation intime.

– Très bien, Antoine, il y a les pieds.

Petit Émi saute de joie :

– Il a vingt ! Il a vingt !

Dovit le fait taire et l'oblige à se rasseoir. La leçon de choses est sérieuse :

– On se tait et on écoute !

– Bruno, mon Bruno, dis-moi combien de pieds nous avons.

Sourire de travers, Bruno affirme :

– A deux !

Ainsi va la leçon, la plante des pieds, les doigts de pieds... Les gosses sont fascinés.

Dovit fabrique le matériel d'accompagnement. Sur des feuilles de carton posées sur un tapis de caoutchouc souple, elle trace, à l'aide d'une roulette à dessin, des petits points en relief qui reproduisent le contour d'un corps humain. Ensuite, elle note en braille les différentes parties du corps.

– Alors, après les deux jambes, les deux pieds, les deux bras... Qu'est-ce qu'il manque, Petit Émi ?

La réponse est enthousiaste :

– Les têtes !

– Les têtes ? Comment ça ? Tu as combien de têtes, Petit Émi ?

Il pose la main droite sur sa joue droite, la gauche sur sa joue gauche :

– Deux.

Les autres hurlent de rire. Je n'y avais pas

pensé. Au fond, sa réponse n'est pas si stupide. Deux sensations différentes sur deux points du corps différents font deux. Petit Émi a deux têtes, puisqu'il n'a jamais vu son image, ni celle des autres.

C'est le moment que choisit notre visiteuse de maternelle pour faire irruption dans la salle et se mêler de ce qui, à mon sens, ne la regarde pas :

– Quand on a une tête comme la tienne, on en a bien assez d'une, bourricot !

Ce langage me révolte ! Petit Émi, rouge de colère, traduit ma pensée :

– Bourricot toi-même.

Je prends le papier que me tend l' « administrative-bourricot », sans rien dire, mais je suis découragée. Dovit, en voulant me consoler, en rajoute sans s'en rendre compte.

– Ma pauvre ! Tu t'en donnes un mal ! Tu sais bien qu'il n'y a pas que la vue qui lui manque, à ce gamin. Tu t'acharnes à lui triturer les méninges, mais la bonne volonté ne suffit pas. Il ne peut pas. Antoine, demande-lui donc s'il a deux têtes...

Petit Émi est tellement déçu. Il croit avoir fait une grosse bêtise. Sa voix tremblote quand il me demande :

– Dis, Mujo, j'ai zéro ?

– Mais non, tu n'as pas zéro. On va recommencer, je vais t'expliquer.

Main droite, main gauche, je guide les petits doigts :

– Là, tu vois, ça c'est une joue de Petit Émi, ça

c'est l'autre joue de Petit Émi. Il y a deux joues. Pour ça, tu as raison. Maintenant, on fait le tour avec les mains entremêlées, bien serrées... Tu vois ? Il n'y a qu'une tête. Petit Émi a une tête, avec deux joues !

Il répète l'exercice avec application, les doigts entrecroisés, à la découverte du crâne, du front, d'une joue, du nez, de l'autre joue, du menton. Pas de rupture, pas de vide. Il explose :

– Une tête ! Alors j'ai vingt ?

Il a compris. J'en ai les larmes aux yeux.

– Tu auras dix-neuf, parce que tu t'es trompé de mot tout à l'heure. Mais c'est bien, dix-neuf, c'est presque vingt ! On ne peut pas toujours avoir vingt... Mais ta petite maman sera contente.

Il est rassuré. Puisque maman sera contente, il est content.

L'obstination est mon plus grand défaut, donc ma plus grande qualité. Une fois énoncée, cette maxime personnelle me remet toujours en marche. Je marche à l'obstination, et au « pif », comme d'autres à l'essence ou au gasoil.

Puisque Gauthier ne hurle plus autrement qu'en période de grande excitation, de joie ou de colère, il peut dorénavant participer à quelques exercices collectifs. Il accepte tout doucement l'idée de jeu et d'échange entre nous. C'est un immense progrès.

Nous avons un ballon électrique qui émet des

petits sifflements, et les enfants ont très vite appris à repérer ses déplacements dans la pièce lorsqu'il roule. Au début, Gauthier se contentait de tourner la tête en direction du ballon et de guetter son passage. Comme aux autres, je lui commentais la trajectoire :

– Il est passé à gauche, il est derrière toi, il est devant toi... Attrape, mon Gauthier, attrape !

Je n'obtenais aucune réaction. Alors je me suis dit que, s'il n'allait pas au ballon, le ballon irait à lui. Je l'ai fait rouler doucement jusqu'à ses jambes. Il l'a laissé contre lui sans y toucher. Je l'ai mis dans ses mains :

– Lance le ballon, Gauthier ! Lance à Mujo !

Hop ! C'est parti.

Je note dans mon agenda les progrès du ballon : « Gauthier lance le ballon. Gauthier attrape le ballon. Il le lance à ses camarades. Il tape dans ses mains quand il a réussi à le bloquer... »

Mon journal de course en solitaire pour Gauthier s'allonge au gré des tempêtes et des accalmies. « Il mange maintenant de la bouillie dans son biberon. Puis de la purée. Il m'embrasse, en plaquant très fort ses lèvres contre ma joue. »

L'autre jour, je suis allée dans une usine chercher des tissus pour recouvrir les matelas sur lesquels les enfants font la sieste. J'ai rapporté le tout dans un grand carton. Quelques jours après, j'ai retrouvé Gauthier dans le carton, recroquevillé sur lui-même en position fœtale. Il a éclaté de rire quand j'ai soulevé le couvercle.

Le carton est devenu sa grande distraction. Tous les matins, après nous avoir embrassées, Dovit et moi, il va s'y blottir et attend que l'on vienne le chercher.

Il tapote contre son nez chaque objet qu'on lui présente, pour être sûr que l'objet ne lui fera pas de mal. J'ai baptisé ce stade de prise de connaissance « faire ami ».

Il veut maintenant « faire ami » avec nous. Il s'assied sur nos genoux et nous explore avec ses mains, puis avec son nez, puis avec sa bouche. Il examine ainsi les visages. Après quoi, il va se rasseoir en tailleur dans son coin et se balance énergiquement, souvent barbouillé du rouge à lèvres de Dovit, ou du mien, ou des deux. Il porte la trace des gens qui l'aiment, et je trouve ce spectacle bouleversant.

Tous ces petits progrès nous permettent de le sortir un peu dans la cour de récréation. Il n'a plus cette angoisse terrible, il n'est plus seul, dans le noir, sur son île inconnue. Il a jeté l'ancre chez nous. Elle est encore fragile, mais nous comble de bonheur, Dovit et moi. Le simple fait qu'il tende la tête pour qu'on lui enfile le casque de mousse, qu'on n'a même plus besoin de lui mettre tous les jours... Qu'il accepte d'aller au réfectoire... Qu'il danse la gigue avec nous, lorsque Antoine a fait une page de lecture sans faute, ou que Petit Émi a découvert une nouvelle lettre avec ses gommettes...

La danse, c'est notre façon à nous de manifester une réussite. On danse la gigue, les gosses aussi. C'est ainsi que le directeur nous a trouvées une fois, Dovit et moi, bras dessus, bras dessous, dansant la carmagnole, les pieds plus hauts que la tête.

Ma classe de goyos irradie le bonheur. Les murs sont couverts de dessins aux gommettes de toutes les couleurs. Il y a des matelas pour dormir, les uns contre les autres, un ballon qui saute, de la musique qui s'envole par les fenêtres...

Et Antoine, Antoine qui fait des progrès en tout, si vite, si bien. Après le travail scolaire, je le mets au clavier. Il apprend le solfège, et joue des petites valses, déjà... Il a une véritable passion pour la musique, une oreille infaillible et une volonté de fer.

Après la séance de musique, c'est la séance de câlins. Je le prends dans mes bras, sa petite tête blonde posée sur mon épaule. Les bras autour de mon cou, il me couvre de baisers en me répétant à la file tous les serments d'amour qu'il a entendus à la télévision. Je m'en régale égoïstement. Il est à moi, rien qu'à moi. Il m'aime et je l'aime tant, mon Jésus aux petits pieds glacés.

De l'injustice

Ce matin, Antoine refuse de travailler et reste blotti contre moi, sans dire un mot. Dovit s'inquiète, moi aussi.

– Tu n'as pas l'air bien, ce matin, mon poussin.

Pas de réponse. Je l'allonge sur le sol, et nous essayons de l'installer dans l'arceau qui le maintient en position verticale pendant les exercices scolaires.

L'armure est faite de tiges de fer et de sangles de cuir qui l'enserrent depuis la pointe des pieds jusque sous les bras. À la base de l'appareil, les tiges de fer s'enfoncent dans des trous pratiqués dans les semelles des chaussures. Des crochets empêchent le tout de plier au niveau des genoux et des hanches. Il est possible, toutefois, de les déverrouiller pour permettre à l'enfant de s'asseoir quelques instants, harnaché, dans son fauteuil, ou pour le déplacer jusqu'à sa table de travail, par exemple. Cette table de travail est également astucieuse. On peut en monter ou en descendre le plateau, selon qu'Antoine est assis ou debout, et le fixer à hauteur de ses coudes. Pour travailler, je place Antoine dans le demi-cercle pratiqué en creux dans ce plateau. Une sangle de cuir lui permet de ne pas tomber à la renverse. Mon petit chevalier ainsi installé dans son armure de fer et de cuir, je m'assois en face de lui pour le guider dans ses exercices. Ses deux grands yeux bleus me regardent sans me voir. Si clairs, si lumineux, que j'ai toujours l'espoir qu'ils vont miraculeusement s'ouvrir à la lumière.

Certains enfants, ici, n'ont pas de regard, mais des globes oculaires sans vie qui tournent à la dérive dans des orbites creuses. Ils me font mal, et, les premiers jours, je ne parvenais pas à les regarder en face sans être prise de nausée. J'avais la gorge serrée du matin au soir, je passais mon temps à regarder le plafond, les murs, la fenêtre, tout en leur parlant. Je m'en voulais, j'avais honte de ma faiblesse, je trouvais inconvenant de parler à un enfant en détournant le regard. C'était comme lui manquer de respect. Je ne me suis jamais vraiment habituée, d'ailleurs, même si avec le temps j'en souffre un peu moins.

Avec Antoine, c'est un tout autre sentiment. Ces deux grands lacs de ciel clair, sous les longs cils, n'ont rien de mort, au contraire. Il suffirait peut-être d'appuyer sur un bouton pour que le regard soit... Je ne cesse jamais d'y penser. De penser surtout à l'injustice de cet « effet secondaire » du médicament qui l'a plongé si vite dans le noir. J'imagine sa terreur, à trois ans, au fur et à mesure que la nuit s'installait.

Ce matin, il pose sa tête sur ses deux bras croisés, sans rien faire. Même les plaisanteries douteuses de Guillaume et de Petit Émi qui, eux, ont le noir plutôt gai, ne le font pas réagir. D'habitude, il les fait taire, il râle. Aujourd'hui rien.

– Alors mon chevalier, on ne veut pas travailler aujourd'hui ?

– Je veux dormir.

– Tu as mal quelque part ?

– Non, je veux dormir.

Nous décidons de lui retirer son armure, et de l'allonger pour qu'il dorme. Dovit marmonne :

– Il est plus blanc qu'un linge, ce n'est pas normal.

La panique me prend. Je me rappelle les récits que m'a faits la mère de tous ses accidents de santé. Une fois déjà, il a eu un problème avec sa valve. On a du l'opérer. Heureusement, ce n'était qu'une fausse alerte, mais je ne peux rien laisser au hasard...

Antoine ne vit que par son cerveau, son intelligence. Et ils sont menacés en permanence. Je tremble à l'idée de ce qui se passerait si mon bébé, mon trésor, perdait l'indispensable, l'essentiel...

– Tu as mal au cœur ?

Il ne répond pas.

L'inquiétude gagne immédiatement les enfants. Gauthier, dont nous n'avons pas eu le temps de nous occuper, se balance de plus en plus fort. Guillaume et Petit Émi se chamaillent pour échapper à l'angoisse.

– C'est ma gommette, non, c'est à moi... T'es qu'un bourricot, tu l'as collée sur ma feuille !

Dovit se charge de les calmer, tandis que je me précipite sur le téléphone. La mère d'Antoine est hospitalisée depuis deux jours. Je parviens à joindre Marc, son père, qui ne perd pas de temps :

– J'arrive.

Antoine est avec moi depuis plus de trois mois. Tout allait bien, nous étions heureux. Musique, lecture, jeux, tendresse, je ne pensais plus à la menace. Je berçais du matin au soir et du soir au matin, je pouponnais avec délices mon petit chevalier aux yeux bleus, fière de ses progrès, heureuse de l'avoir tout à moi.

Je suis aussi blanche que lui en l'observant, couché, la joue sur l'oreiller, sans forces.

Plume-Plume passe la tête par la porte de sa classe, tout en bleu — pull, pantalon, plume bleue dans les cheveux.

– Ça ne va pas mieux ? Appelle-moi si je peux t'aider.

– Son père arrive. J'ai une trouille !

Marc arrive enfin, prends son fils dans ses bras, examine ses mains, me rassure :

– Il doit faire un peu d'hypoglycémie. Je vais acheter une tablette de chocolat, je reviens.

Quelques carrés de chocolat, et Antoine reprend de l'énergie. Marc s'assied, l'air las :

– Je peux rester une minute ?

Il n'a pas l'air bien du tout, alors que sur son matelas, Antoine récupère tranquillement couleurs et appétit.

– Excusez-moi, mais j'ai eu tellement peur en venant...

Dovit appelle les autres enfants :

– Nous, on va faire pipi ! En route tout le monde !

Ce n'est pas du tout du goût de Petit Émi.

– On n'a pas envie ! On y est déjà allés tout à l'heure !

– Ça suffit ! J'ai dit : on a envie !

Et Dovit, d'un pas militaire, emmène tout son petit monde aux toilettes. Je reste seule avec le père et le fils. Marc retire ses lunettes, qu'il essuie machinalement.

– Excusez-moi encore...

– Je comprends. Si j'avais su, pour le sucre, je me serais débrouillée seule. Mais cette histoire de valve...

Ma peur personnelle ne l'intéresse pas. Pour l'instant, il a besoin de parler.

– Je suis fatigué. Au début, quand Antoine était tout petit, nous étions très entourés. Les grands-mères, les oncles, les tantes... ils voulaient tous bien faire. Puis le temps a passé, Antoine a grandi, il est devenu aveugle. Il a plus de cinq ans maintenant, et c'est une charge très dure, beaucoup de travail. Alors les gens s'excusent poliment. Ils ont peur... « S'il lui arrivait quelque chose... une telle responsabilité... » Heureusement. qu'il y a Isabelle. Elle fait tellement pour lui.

Isabelle, c'est la sœur aînée. Elle n'a pas de problème de santé. Elle est pleine de charme, de douceur, de gentillesse et, comme son frère, elle possède intelligence et volonté. Elle a cinq ans de plus qu'Antoine et lui consacre tout le temps où elle n'est pas plongée dans ses livres de classe. Quand on lui demande ce qu'elle fera plus tard, elle répond invariablement : « Je m'occuperai d'Antoine. »

– Depuis que sa mère est malade, elle m'aide beaucoup.

– Ce n'est pas grave ?

– Une fausse couche...

Je reste sans voix.

– C'était une petite fille.

Je jette un coup d'œil inquiet à Antoine. Il grignote son chocolat en silence. Le père essuie toujours ses lunettes, avec obstination, comme s'il voulait leur arracher toute la buée du monde.

– Une petite fille sans problèmes...

– Antoine est au courant ?

– Oui, bien sûr.

– Ça pourrait expliquer son malaise...

– Peut-être. La déception, l'inquiétude pour sa mère... Il est tellement affectueux. À la maison, il passerait son temps dans mes bras.

– Ici, c'est dans les miens...

– Il n'a même plus mon image, il ne se souvient plus. Pendant une année, il a gardé encore quelques clichés, maintenant c'est fini. Je ne suis plus que deux bras pour lui.

– Oh ! non ! il a bien plus que ça. Il a votre odeur, votre voix, et une complicité intense avec vous. Quand il parle de « papa », son visage s'éclaire.

– Je sais, mais il y a des moments où c'est trop dur.

Un homme au bord des larmes, c'est désarmant.

– Écoutez, j'adore Antoine, vous le savez. À part les deux miens, je n'ai jamais aimé un enfant autant que lui. Vous pouvez compter sur moi, de jour comme de nuit. Appelez-moi n'importe quand, je ferai tout ce que je pourrai... Pour les vacances, je pense aller en Angleterre avec mes enfants, laissez-moi emmener Antoine, et profitez-en pour passer huit jours seul avec votre femme. Ça vous détendra... Et puis prenez un morceau de chocolat, vous aussi, ça ne vous fera pas de mal.

J'ai encore parlé avant de réfléchir. Tant pis. Marc nous quitte avec un « merci » et un sourire timide.

Dovit ramène les enfants surexcités. Elle distribue le restant du chocolat à la ronde pour leur clouer le bec cinq minutes. Ils le font tous disparaître en quelques secondes, sauf Gauthier, qui n'a pas été oublié dans la distribution. Il tripote le carré, se le passe d'une main à l'autre, s'en barbouille la figure.

Dovit fait semblant de le gronder, avec l'immense tendresse dont elle seule est capable.

Antoine retrouve mes bras. Je le berce sur mes genoux. Il sent bon le chocolat, et ses deux petits bras m'enserrent le cou :

– Dis, Mujo.

– Poussin ?

– C'est pas juste... ma petite sœur, elle n'avait pas de problème, et mes parents, ils ont pas pu l'avoir. Moi, je suis là.

– Heureusement que tu es là, bourricot ! Qu'est-ce qu'on ferait sans toi...

Je regarde avec un serrement de gorge une petite larme dégringoler de ses yeux bleus. Une petite boule translucide, une larme de cristal épais, qui vient s'écraser lourdement sur ma main.

L'histoire de la petite sœur d'Antoine me tourmente toute la journée. Et le soir, quand les gamins sont repartis, Dovit me regarde d'un œil soupçonneux :

– Tu as l'air tout bête. Quelque chose ne va pas ?

– Oui. Il y en a qui ont une ou deux malchances de temps en temps, mais vraiment, il y en a d'autres, on croirait qu'ils ont pris un abonnement.

Une fois n'est pas coutume, Dovit pose ses lèvres sur ma joue.

Cache-cache

Ils ont changé. Tous. Maintenant, ils se comportent presque comme des gamins normaux dans une classe normale, en ce sens que, dès que nous tournons le dos, Dovit et moi, c'est le cirque.

J'aime les surprendre en plein délire, en plein chahut, en pleine vie. Cet après-midi, je les entends depuis la porte de la cour de récréation. Petit Émi est de mauvaise humeur et s'en prend, comme d'habitude, à son « jumeau », Guillaume.

– Chercher les porte-manteaux, Guillaume ! Chercher les porte-manteaux !

Il répète toujours à l'infinitif les consignes qu'on lui donne dans la journée, sous forme d'ordres auxquels les autres doivent se plier. Surtout Guillaume, qu'il traîne toujours avec lui. Mais l'autre n'aime pas toujours se laisser commander.

– Cherche-les toi-même, les porte-manteaux ! Moi, je les ai trouvés ! T'as qu'à trouver tout seul.

Chercher les porte-manteaux du couloir est la consigne du matin et du soir. D'une part, cela les guide, d'autre part, ils apprennent à accrocher leurs vêtements tout seuls.

Il y a, tout au long du couloir, une dizaine de porte-manteaux, un vide, puis une autre dizaine, puis de nouveau un vide. Chaque rangée de porte-manteaux délimite une classe. En passant de rangée en rangée, les enfants peuvent déterminer quand ils ont franchi l'intervalle d'une classe. La leur est la quatrième. La dernière. Après l'ultime série de porte-manteaux, ils n'ont plus qu'à tourner à gauche pour être chez eux, la porte étant ouverte en permanence.

Petit Émi, réellement de mauvais poil, persiste à provoquer Guillaume :

– T'arrives pas ! Zéro pour Guillaume !

– Pas pour moi, zéro ! Moi, j'ai tout bien fait. J'ai vingt, moi !

Je ne sais pas pourquoi, Dovit et moi, nous entrons dans la classe sans faire de bruit et nous les écoutons sans broncher, alors que, d'habitude, j'interviens dans leurs disputes. Guillaume s'inquiète le premier :

– On est tout seuls ? Il n'y a personne ?

Bruno reprend en écho :

– Sonne, sonne...

Gauthier s'angoisse aussitôt et se met à hurler. C'est plus que n'en peut supporter Petit Émi :

– Oh ! toi, la paix ! Qu'il est con, lui !

Bruno, ravi, répète, les épaules serrées, la tête en biais :

– Con, con... Sonne, sonne... Con, con...

Et ils rient comme des petits fous, ignorant toujours notre présence. Le matin, ce jeu de cache-cache ne serait pas possible. Dès que nous arrivons dans le couloir, ils perçoivent notre odeur. Je pourrais chausser des bottes de nuages, cela ne servirait à rien. Le matin, nous sommes débusquées. En revanche, dans la journée, ils ne savent pas si nous sommes dans la classe ou pas, car notre odeur y est déjà installée. Et que nous nous absentions dix minutes ou que nous y restions sans bouger, l'odeur demeure la même.

Incapable de réprimer son fou rire, Dovit intervient :

– Bravo ! C'est du joli ! Qu'est-ce que vous dites, monsieur Bruno ? Des gros mots ! Et toi, Petit Émi ? Pareil ! Eh bien, c'est du propre !

Guillaume, stupéfait, s'écrie :

– Dovit, tu es là ? Vous étiez cachées ?

Sa surprise nous prend au dépourvu. On ne sait pas trop quoi répondre.

– Oui, on a voulu jouer à cache-cache... On vous a bien eus, non ? Et on en a appris de belles !

Petit Émi a dû réfléchir, Guillaume aussi, car, plus tard dans l'après-midi, alors que je suis partie répondre à un appel téléphonique et que Dovit discute dans la cour avec la maman de Marion, ils combinent de nous rendre la pareille. Mais je n'ai pas compris, et pour cause...

En revenant, le pas pressé, faisant claquer mes talons pour annoncer ma présence, je les trouve figés au garde-à-vous. Absolument silencieux. S'il y avait une mouche, elle ferait désordre.

Ma première réaction est l'inquiétude. Bruno a fait une crise ? Il est tombé ? Non, il est assis à sa table, statufié. Gauthier ? Il se balance, bouche ouverte sur le silence. Marion bave dans son coin. Les deux Guillaume se tiennent tout raides sur leur chaise. Antoine est immobile dans son carcan, visage levé, les yeux bleus au plafond, les mains à plat sur sa table, beau comme un ange de marbre.

– Qu'est-ce que vous faites ?

Je lis une déception terrible sur leur visage.

– Tu nous as trouvés ?

– Comment tu as fait ?

– On n'a pourtant pas fait de bruit !

Quelle claque ! Je viens seulement, après des semaines et des semaines de travail avec eux, de réaliser qu'ils n'ont aucune conscience de ce qu'est la vue telle que nous la concevons et la vivons. Ils savent qu'ils n'ont pas cette faculté. Ils savent qu'ils sont aveugles. Mais ils ne savent pas ce que c'est. Ils croient que, malgré notre sens supplémentaire, nous les percevons de la même manière qu'eux.

Ils se croyaient invisibles... Ne pas faire de bruit, c'était devenir invisible. Donc jouer à cache-cache !

Cette découverte m'impressionne terriblement. J'en pleurerais. J'en ai mal partout, de la tête aux pieds. Une idée fulgurante me traverse : « Mais alors, je me bats dans le désert avec eux ?

S'ils ne savent pas ce qui leur manque, s'ils ne savent pas ce que c'est que de VOIR... »

Je pensais le contraire. Je croyais naïvement que les enfants non voyants comprenaient en quoi cela consiste de voir les gens, les choses. Et voilà qu'ils me jettent au cœur cette découverte : ne pas voir, c'est être invisible. Comme les tout petits croient être cachés aux yeux des « grands » parce qu'ils ont fermé les yeux et les ont dissimulés derrière leurs mains, nos petits à nous, parce qu'ils ne voient pas, n'imaginent pas qu'ils puissent être vus.

Je suis la dernière des imbéciles. Je vole au ras des pâquerettes. Je devrais me liquéfier au fond de mes bottes, devenir invisible moi-même. Imbécile, Mujo ! Tout faux, Mujo !

Va donc leur dire, Mujo, de glisser leur doigt derrière le petit bout de pain pour saucer leur assiette, va donc leur dire que le pas au milieu d'une pièce est plus sonore que le pas le long d'un mur ! Tu leur expliques leur monde à eux ; mais pas la moindre trace du tien !

Comment faire entrer dans leurs oreilles, aux bouts de leurs doigts, aux bords de leurs narines, la chaleur, les formes, les couleurs de mon monde à moi ? Tout ce que je fais, depuis mon arrivée ici, c'est de m'intégrer dans leur monde à eux. M'adapter à leur planète noire. Alors que j'étais persuadée de faire l'inverse ! Persuadée que je les aidais à se débrouiller pour qu'ils ne souffrent pas trop de ma planète blanche.

Prendre une telle évidence en pleine figure,

c'est dur. Je sais que je vois, parce que je vois. Ils ne savent pas ce qu'ils ne voient pas, puisqu'ils ne voient pas.

Et moi qui me croyais assise dans un omnibus, où nous faisions route ensemble, progrès après progrès. En fait, je suis toute seule dans mon express, et on se tient la main par la fenêtre !

Ce tressaillement de déception, de désespoir que j'ai vu, à la seconde où j'ai crié : « Qu'est-ce que vous faites ? », je ne peux plus l'oublier.

– Je vous apprendrai à jouer à cache-cache ! C'est promis !

Le balancement reprend partout. Petit Émi, qui retrouve ses tendances autistiques, agite ses deux mains devant son visage avec force, comme pour faire sortir l'excitation de sa tête. Guillaume suit le mouvement, Gauthier cogne la sienne par terre, et Bruno la tortille de côté, comme s'il voulait la visser entre ses épaules.

– C'est promis, merde !

Je ne châtie pas toujours mon langage, et eux non plus, mais dès que je me laisse aller, pour me soulager un peu de la tension que représentent nos rapports quotidiens, j'entends la voix d'Antoine :

– Mujo ! Tu as dit un gros mot !

J'enchaîne aujourd'hui sur une autre farce, moins cruelle celle-là.

– Ce n'est pas moi, c'est Huguette ! Dehors, Huguette ! Elle est vilaine, Huguette ! On ne dit pas de gros mots dans cette classe !

Cette pauvre Huguette, complètement inventée, les fait beaucoup rire. Antoine surtout :

– C'est même pas Huguette. Eh ! C'est toi !

Huguette sert d'exutoire à tout le monde. Huguette parle mal fait tout mal, Huguette prend la porte, ou la fessée, ou un zéro...

Huguette, c'est bien moi, aujourd'hui. Mujo a zéro.

La démesure

Nous partons en Écosse. C'est la première fois que les parents d'Antoine me le laissent une semaine entière, surtout pour aller si loin. Ce voyage enthousiasme l'enfant, mais, surtout, et ils ne me l'ont pas caché, c'est un immense soulagement pour eux. Ils vont pouvoir enfin se reposer, se détendre, sans penser toutes les trois heures à donner ses soins à Antoine, sans être obligés à tour de rôle de trouver un moyen de l'occuper, sans avoir à le faire manger, à l'habiller, à le déshabiller, à le doucher... Le fait de savoir que quelqu'un va prendre la relève avec patience et affection les rend réellement heureux. Leur amour pour cet enfant n'est pas égoïste. Il n'est que générosité. Ils sont même prêts à accepter l'amour de quelqu'un d'autre pour lui, quitte à en souffrir, pourvu qu'il soit heureux.

Et moi, je ne vois pas, ou je ne veux pas voir, la souffrance qui nous accompagne au fur et à mesure que les sentiments entre cet enfant et moi se développent.

Antoine est heureux avec moi, et moi avec lui. Mon amour pour lui est égoïste. Et total. Je prends cet enfant pour mien, sans me poser de questions. La démesure dans mon amour pour les enfants, c'est ma foi. Je les aime tous, toujours. Mais lui plus que les autres. C'est là que j'ai franchi une frontière dangereuse. Mais si, en amour, il n'y avait pas de danger, pas de risque, ce ne serait pas de l'amour.

Avec Antoine, cet amour est né d'instinct. S'il m'arrivait un jour de ressentir à nouveau cela, je crois que je me sauverais à toutes jambes. En tout cas, j'espère que j'aurais la force de me poser des questions. D'avoir peur. De dire non. L'enfant des autres demeure l'enfant des autres. Mon rôle était d'aider Antoine dans son handicap, de lui apprendre ce qu'il voulait apprendre et de m'arrêter là, aux portes du bonheur.

Le départ en Écosse, avec mes enfants et Antoine, est une échappée volée à la réalité.

Sur le quai devant le bateau, je suis effarée par la quantité de bagages nécessaires à Antoine — les couches pour une semaine, le matériel de sondage, les changes, la poussette, le fauteuil roulant...

Le petit suscite la curiosité et l'admiration de tous ceux qui l'approchent... Et nous sommes soixante dans mon groupe de voyage ! Il est si heureux, si enthousiaste, que ses grands yeux bleus brillent sous ses boucles blondes comme s'ils voyaient le monde. Il chantonne et tape dans ses mains d'impatience.

Mon fils Sébastien, en connaisseur, presque professionnel, s'installe aux poignées du fauteuil roulant. Les autres se chargent volontiers des bagages d'Antoine, et l'un des adjoints du commandant de bord a la gentillesse de lui faire visiter le bateau en lui expliquant tout en détail.

Comme d'habitude, moi, j'ai mal au cœur. Le pied sur quelque chose qui flotte, ou qui va flotter, et j'ai mal au cœur. Sur un voilier, sur un paquebot, j'ai mal au cœur. À quai, bateau bien amarré, j'ai mal au cœur.

– Moi, je ne suis pas malade. Je suis en pleine forme !

Les déclarations d'Antoine m'étonnent toujours. Les enfants de son âge ont, en général, un langage réduit, approximatif; lui parle comme un académicien. Il est capable de sortir une phrase du genre : « Ce voyage est un véritable plaisir ! » À cinq ans et demi ! Ou bien : « On ne dit pas dégueuler, on dit vomir, Mujo. »

Pendant que je traîne mon mal au cœur sur le pont, les autres se battent pour l'amuser, lui raconter des histoires, chanter des chansons avec lui. Si bien que le soir, à notre arrivée, il s'endort dans le car qui nous emmène vers le village de Gretnagreen. Village autrefois renommé pour ses mariages sans autorisation des parents, et sans limite d'âge. Les mariages y étaient célébrés à longueur de journée. On y venait presque par charter de tous les coins du pays, et même de l'étranger.

Nous sommes installés dans une famille.

Antoine y a sa chambre, moi la mienne. Épuisés par des émotions diverses, nous sombrons tous les deux dans un profond sommeil. Mais, à sept heures du matin, soudain, je saute sur mes pieds en entendant des pleurs. Réveillé, Antoine est complètement désemparé par ce lieu inconnu. Dans mes bras et dans mon lit, pelotonné contre moi comme un bébé, il se rendort paisiblement.

À Gretnagreen, dans la forge où ont été célébrés les mariages les plus insolites du monde entier, les touristes peuvent obtenir un certificat de mariage factice pour quelques livres. On met un voile sur la tête de la mariée, on donne un chapeau et une veste au mari, on choisit deux témoins, et tout le reste du groupe participe à la cérémonie en figurants amusés. Antoine veut absolument un mariage. Il me prend la tête dans ses deux petites mains, comme il le fait toujours lorsqu'il a quelque chose d'important à dire :

– Dis, Mujo, on se marie ?

Alors Mujo, quarante ans, prend son petit fiancé de cinq ans dans ses bras pour répondre aux questions rituelles et poser pour la photo. Le oui d'Antoine est si triomphant que le faux maire en sourit jusqu'aux oreilles, qu'il a bien rouges, en Écossais qui se respecte...

Le soir, Antoine veut dormir dans mon lit. Il a des preuves :

– On s'est mariés ce matin. J'ai le certificat et la photo !

Je le transporte délicatement dans sa chambre, en riant, et le sommeil l'emporte avant qu'il ait le temps d'être contrarié par mon refus. Ce soir encore, je téléphone seule aux parents, comme j'ai promis de le faire quotidiennement.

– Il est heureux, il dort, tout va bien... On s'est mariés ce matin, il est fier comme Artaban...

Sébastien fait un peu la tête dans son coin. J'ai beau lui expliquer qu'il ne s'agit que d'une plaisanterie, il n'a pas l'air de trouver ça drôle.

– Dès qu'on rentre en France, il retourne chez ses parents, hein, maman ?

– Promis...

Jaloux, mon fils. Normal. Je ne vois toujours pas le danger qui m'emporte. J'aime Sébastien démesurément, lui aussi. Comme ma fille. Mes enfants font partie intégrante de moi, de mon esprit, de mon corps. Quelque chose d'invisible les lie à moi pour toujours. À tel point qu'il m'arrive parfois de les faire rire avec des phrases du genre : « Mets un pull, j'ai froid ! »

Dans l'obscurité de ma chambre écossaise, seule, j'écoute le souffle régulier d'Antoine qui dort dans la chambre voisine. Précaution dérisoire, nos hôtes ont fermé ses volets. Je suis incapable de fermer les volets de ma chambre, ou alors je ne dors pas de la nuit. Il me faut un lampadaire dans la rue, un coin de lumière quelque part. Petite, je ravalais ma terreur des heures entières dans le noir, lorsque ma mère refusait de laisser une lumière dans ma chambre.

Sébastien a toujours eu peur du noir, lui aussi. Il laisse toujours sa porte ouverte, comme moi. Lorsqu'il est venu au monde, c'était en pleine nuit. A-t-il eu peur du noir autour de lui ? Il est né sans sommeil. Il a hurlé des nuits entières au point de se déshydrater complètement. Cela a duré trois ans, sans sommeil. Il sombrait de temps en temps dans une sorte de coma et, dix secondes après, se réveillait, terrorisé.

Une semaine de bonheur parfait s'est écoulée. Antoine n'a rien vu du retour. Il dormait encore lorsque je l'ai remis dans les bras de ses parents sur le quai du Havre. Ils ont tous les deux un air reposé qui fait plaisir à voir.

– Comment te remercier ? Cette semaine de détente nous a fait un bien fou !

Je suis heureuse qu'ils me tutoient. C'est comme un lien supplémentaire avec eux, donc avec Antoine. Et pourtant, c'est à partir de ce moment-là que tout a commencé à mal aller.

Le lendemain matin, réveillé à sept heures précises, au lieu de réclamer sa mère, Antoine m'a réclamée :

– Je veux Mujo !

Sa mère s'est levée et lui a expliqué :

– Marie-Jo dort. Elle est fatiguée. Tu es rentré d'Écosse, maintenant. Tu es la maison, avec papa et maman.

– Je veux Mujo !

– Mujo est chez elle, avec Christine et Sébastien ! Tu la verras demain à l'école !

– Je veux la voir !

– Ce n'est pas possible, Antoine. Elle a besoin de dormir, et c'est dimanche !

Il a pleuré jusqu'à ce qu'ils m'appellent.

Les enfants sont parfois un peu tyranniques. Les parents d'Antoine ne se plaignent pas. On ne se plaint pas, devant un Antoine, de la charge, du surcroît de travail et d'attention que son état réclame. On ne dit pas : « J'en ai marre ! » On ne crie pas : « Tais-toi et dors ! » La bonne solution, chacun la trouve comme il peut. Les parents d'Antoine ont cédé. Il voulait qu'on téléphone à Mujo, il voulait Mujo ; Mujo est venue.

Heureuse d'être réclamée, mais mal à l'aise. L'impression de voler quelque chose, quand même.

La ritournelle

Marion, notre Zouzou, porte deux petites billes de porcelaine bleue. Elle est presque jolie. Il faut l'empêcher d'y toucher sans cesse. Sa mère nous répète tous les matins que ces prothèses la gênent, et qu'elle ne les supportera pas longtemps. Dovit et moi, nous pratiquons l'acharnement thérapeutique. Marion doit s'y faire, il le faut. Elle est devenue regardable, et le médecin a promis que, dès qu'elle serait habituée, il lui mettrait des prothèses plus légères, qui bougent avec les paupières.

Une autre ritournelle résonne donc dans la classe. Outre « Zouzou, attention la mouche ! » et « Zouzou, avale ! », nous clamons : « Zouzou, les yeux ! »

Les psychologues sont formels : Zouzou a une intelligence normale et un caractère odieux. C'est une enfant gâtée, bichonnée et dorlotée par des parents qui espèrent compenser ainsi leurs crises de culpabilité.

Qui dit intelligence normale dit possibilité

d'acquis scolaire. Nous la stimulons sans arrêt.

Assise par terre, un jouet près d'elle, mais hors de portée de sa main, Zouzou doit faire son premier exercice de la journée.

– À gauche, Zouzou, au bout de ta main, il y a une poupée. Si tu la veux, il faut aller la chercher, ou la demander.

Au début, elle se met à crier, à trépigner, et cherche à nous battre. Ensuite, elle tente la technique du « Regardez comme je bave exprès, rien que pour vous embêter... » Nous ne cédons pas et, au bout d'un quart d'heure environ, elle rampe en direction de la poupée, la trouve, pousse des petits cris et la serre contre elle.

– C'est bien, ma Zouzou. C'est très bien. Tu es une grande fille, tu as droit à un gâteau...

Toute confiante, je ne taris pas d'éloge, mon gâteau à la main :

– Tu as pris la poupée toute seule. Tu es très gentille, Zouzou...

Et pan ! Je prends une gifle en pleine figure, assortie d'un retentissant :

– Con, Mujo !

Zouzou a parlé ! C'est la première fois qu'elle nous honore d'autre chose que de cris.

Têtue, je tente de progresser dans la communication :

– Je prends tes deux mains dans les miennes, Zouzou, comme ça, tu vois ? Les mains, c'est fait pour donner des caresses, pas des gifles. Tu comprends ? Et si tu donnes encore une gifle à qui que ce soit, je te la rends aussitôt. Compris ?

Zouzou retire ses mains rageusement, attrape à nouveau sa poupée, et se met à baver dessus copieusement.

– D'accord, tu peux bouder, ce n'est pas grave. Moi, je veux une grande fille qui parle et qui soit gentille. Quand tu auras fini de bouder, on verra.

Dovit se charge de l'exercice suivant : une séance de rééducation.

– On ne va pas te trimbaler dans une poussette jusqu'à ta retraite, ma cocotte ! Allez zou, la Zouzou ! Il faut marcher ! En route !

Elle plaque la gamine debout contre elle. Immédiatement, Zouzou se met en position de défense, arc-boutée sur la pointe des pieds, les jambes raides comme des piquets, les deux bras à l'horizontale en guise de balancier. Dovit l'oblige à baisser les bras :

– Tu ne vas pas tomber, je suis là. Appuie-toi contre moi.

Elle presse fortement les épaules de Marion pour l'obliger à poser les talons par terre, et commence à marcher en la poussant devant elle.

– Une, deux ! Une, deux !

Cahin-caha, l'attelage prend la direction de la porte et disparaît dans le couloir. J'entends soudain la voix de Zouzou scander en même temps que Dovit :

– Une, deux ! Une, deux !

Gauthier en a profité pour faire pipi dans sa culotte. On attire l'attention comme on peut...

Une semaine plus tard la mère de Zouzou me

dit qu'elle rentre à la maison en chantant « Adieu foulards, adieu foulards » à l'infini. Elle le répète dans son lit, le soir, avant de s'endormir.

Gauthier est réellement passionné par l'orgue. Il adore notre petit quart d'heure musical. Souvent, dans la journée, il se dresse brusquement comme pour réclamer une chanson. Sa mère a les yeux qui brillent d'excitation en m'en parlant. Elle est sûre qu'il est doué pour la musique. Peut-être pourrait-il devenir musicien ? Pianiste ? Elle va lui acheter un piano !

Ça, c'était le piège, et il se referme. Les parents d'enfants handicapés sont prêts à se jeter sur le moindre espoir, si mince soit-il. Or, tout ce que Gauthier est capable de faire actuellement, c'est de renifler notre orgue très fort, en posant la tête dessus, et d'appuyer sur toutes les touches ensemble avec le plat de la main. Au bruit formidable qu'il suscite, il recule, effrayé, en poussant des grognements d'inquiétude. De là à ce que ses parents se privent pour lui acheter un piano ! Sa mère ne travaille pas, son mari gagne le Smic, et ils ont six enfants... Si on la laisse faire, elle va priver la famille de la moitié de ses revenus.

Mais si je lui explique la réalité brutale, je vais la rejeter dans le monde du handicap de son fils, fait de souffrance et de désespoir. Alors que lui dire ? Comment le dire ? La vérité à dire aux parents des enfants handicapés ressemble à celle que les médecins donnent, ou ne donnent pas, à leurs malades. Il y a ceux qui veulent l'entendre, ceux qui ne veulent pas l'entendre tout en la demandant, ceux qui espèrent le mensonge, ceux qui le craignent... Dieu, que c'est difficile! Je cherche une réponse diplomatique, lorsque Dovit intervient, avec son bon sens extraordinaire :

– Achetez-lui donc un harmonica! Si ça marche, on lui trouvera un clavier d'occasion...

La mère a un sourire ébloui. Je respire. Dovit, je t'aime...

Les bonnes idées ne fleurissent pas toujours avec autant de bonheur sous nos crânes épuisés. Faire visiter la ménagerie d'un cirque ambulant, par exemple, n'était pas vraiment une bonne trouvaille.

Elle en avait l'air pourtant. Et nous avions pris nos précautions! Le directeur de la ménagerie nous autorisait exceptionnellement à approcher les animaux les plus familiers et à les caresser. Et même à aider à la distribution des repas.

Pour Antoine, le premier contact avec un cheval est une réussite. Je le porte dans mes bras pour qu'il puisse donner un morceau de pain à l'animal, puis il promène la main sur son dos, en cherchant à comprendre.

– La tête, c'est le début du cheval... Mais où est la fin? C'est encore loin?

Il n'imaginait pas qu'un animal puisse être aussi imposant.

Pour les autres, le succès est moins évident. Surtout devant l'éléphant. Pour un enfant non voyant, c'est quoi, un éléphant? Ça représente quoi ? Par quel bout ça se prend ? On ne peut pas le tripatouiller comme un objet en plastique, et il y a l'odeur sauvage :

– Pouah ! Beurk !

Je vois bien qu'ils sont mal à l'aise. Ils perçoivent l'énormité de la bête, le colossal, mais ne peuvent pas la délimiter. Le contact leur est désagréable. Ça pique, c'est rugueux, un peu effrayant. Ils retirent leurs mains aussitôt.

J'essaie de décrire l'animal, la petite queue, les énormes pattes, le dos, la tête, les oreilles, et l'immense trompe, bien plus longue que la queue, et qui se balance. Mais cela ne leur évoque rien. C'est l'être inimaginable, l'éléphant. Quant au chameau, c'est pire. Aucun moyen de leur faire comprendre un chameau.

L'unique résultat, c'est la joie d'être sortis de la classe, de la cour de récréation. Côté éducatif, zéro. Et nous sommes frustrées, un peu découragées devant cette impossibilité à leur faire connaître le monde sauvage. Il nous faudrait des animaux familiers, mieux adaptés. Hélas ! l'Éducation nationale interdit leur présence en classe.

Là-haut sur la montagne

Événement considérable, auquel les enfants rêvent depuis des semaines ; ce matin, nous partons à la montagne, chez nos correspondants. Le conseil général a pris en charge le voyage des enfants, les familles de nos correspondants se sont occupées de l'hébergement, tout est en ordre.

J'ai pourtant eu un mal du diable à convaincre le reste de l'équipe, à la dernière réunion « grosses têtes » : psycho, éducateurs, kiné, chef et directeur, bâtons dans les roues de ma charrette d'hiver, l'empêchaient d'avancer. Jean-Pierre en tête, évidemment.

– Tu ne vas tout de même pas emmener Antoine ?

– C'est tout le monde ou personne ! Si on m'empêche de l'emmener, j'annule tout.

– En montagne ! Mais c'est une charge considérable ! Une responsabilité qui ne se justifie pas !

– Il en a autant besoin que les autres, sinon

plus. Et il est fou de joie à l'idée de rencontrer nos petits correspondants.

– Tu ne pourras pas le rouler dans son fauteuil, ni le porter partout !

– Les parents de Marion nous accompagnent, Plume-Plume et Dovit sont là aussi. Nous serons donc cinq à nous occuper des enfants. Sur place, nous ne serons pas tout seuls. Les parents de nos correspondants nous ont promis de l'aide. Et puis zut ! Il n'y a pas d'enfants handicapés à la montagne ? Vous croyez que ça ne pousse pas au-dessus de mille mètres ? Eux, ils se débrouillent bien, pourquoi pas nous ?

La guerre. Pied à pied. Toujours la guerre administrative pour obtenir une joie, une détente, une ouverture sur l'extérieur. Cette manie qu'ils ont de vouloir enfermer nos gosses, qui le sont déjà tellement ! Mais la guerre, ça me connaît. Il m'arrive même de remporter la bataille.

Les parents d'Antoine ont été d'accord tout de suite. Ils savent que nous prenons, Dovit et moi, toutes les précautions nécessaires. Son père nous a prêté une sorte de sac à dos dans lequel on peut l'installer lorsque le fauteuil ne peut pas passer quelque part. Il n'y aura pas de problème.

Jean-Pierre me fusille du regard. Je pourrais presque traduire tout haut ce qu'il pense : « Pas de problèmes ! Tu parles ! Emmener Antoine ! Elle ne se demande pas ce qu'il deviendra après elle... C'est facile de jouer à la maman huit heures par jour, mais à vie ? »

J'en suis consciente. Mais il m'est plus facile de rire et de chanter avec Antoine justement parce que je n'ai pas l'angoisse du lendemain. Je ne suis qu'un passage, une transition dans sa vie. Ce n'est pas moi qui ne dors pas la nuit, qui dois prendre des décisions quand il a les doigts de pieds qui se recroquevillent, quand il faut l'opérer de la hanche, choisir un nouvel appareillage, décider d'une rééducation... C'est parce que je ne suis pas écrasée par toute cette angoisse que je peux rire et chanter avec lui. Lui offrir, par moments, l'oubli de son handicap, de ses souffrances, de l'avenir.

La nouvelle kiné devait être du voyage. Raté. Nous sommes fâchées... J'ai failli lui mettre ma main sur la figure. Elle vient deux fois par semaine pour la rééducation d'Antoine. Elle essaie de lui apprendre à se déplacer avec des cannes trépieds, harnaché dans son appareil, fait les massages et quelques mouvements pour le débloquer.

L'autre jour, elle a décidé qu'Antoine devait revenir tout seul dans la classe de sa séance de rééducation, sous prétexte qu'il sait diriger son fauteuil. Elle l'a planté à l'autre bout du bâtiment, tout au fond du couloir, en lui disant :

– Débrouille-toi, c'est au fond à gauche !

Et elle était là, dans la classe, avec nous, à discuter. Je pensais que le gamin était avec quelqu'un d'autre en récréation. Puis j'ai entendu les petits cris, étouffés d'abord, puis les sanglots, puis les hurlements.

– C'est Antoine !

Elle n'a pas bougé.

– Il faut qu'il retrouve la classe.

– Comment ça, retrouver la classe ? Tu es malade ?

J'étais verte. Et elle prenait des grands airs.

– Je prends mes responsabilités. Pendant la rééducation, il est sous ma garde, j'interdis qu'on s'en occupe. Il doit rentrer seul.

J'ai explosé :

– Pauvre idiote ! Tu te vois, toi, dans un fauteuil roulant, plongée dans le noir, avec quelqu'un qui t'abandonne au bout d'un couloir ? Je vais t'y mettre, moi, dans un fauteuil, avec un bandeau sur les yeux, trois tours sur toi-même, et tu ne peux plus faire deux pas !

– Je t'interdis d'y aller !

– Tes interdits, tu peux te les mettre...

J'étais déjà partie chercher Antoine, mais elle a bien compris le reste et s'est étranglée de colère :

– J'en référerai aux parents !

– Réfère, ma vieille, réfère tant que tu peux ! J'espère bien que tu le feras, sinon, c'est moi qui vais le faire !

Une ennemie de plus. Elle ne viendra pas avec nous à la montagne, mais j'emmène Antoine. En revanche, je n'ai pas gagné pour Bruno. Le père a refusé. Il craint les crises d'épilepsie qui pourraient redoubler avec la fatigue et l'excitation du voyage. Le gros nounours s'est consolé : deux petits moutons sont nés à la ferme, il leur donnera le biberon.

La petite Véronique aux lunettes n'est pas autorisée non plus par sa famille à goûter l'air de la montagne.

– Elle reste à la maison. On ne s'en fait pas une gloire, qu'elle soit comme ça. Ce n'est pas la peine que des gens la voient. C'est la honte.

– La honte de quoi ?

– Les enfants qui viennent comme ça, c'est une punition, on le sait bien. Alors elle reste là, ce n'est pas la peine que les gens sachent.

Les gens... Pour les gens, on l'affuble de lunettes de myope, inutiles, et on l'empêche de venir tâter le monde avec les autres. Je comprends pourquoi elle n'est arrivée à l'école qu'à neuf ans, après trois ans de bagarre avec l'administration. Les parents voulaient cacher ce qu'ils appellent une honteuse punition divine.

La pauvre gosse est tellement écrasée par ce péché qu'elle n'a jamais commis, tellement profondément ancrée dans une culpabilité stupide, qu'elle a peur de venir. Peur de quoi, on ne sait pas. Peur de ce qu'elle est, puisque les parents en ont peur eux-mêmes. Rien à faire contre ça, il est normal qu'elle se prive. Elle en aurait pourtant vraiment besoin, de cette échappée en montagne.

Alexandre, Yves, Christophe , Guillaume et petit Émi, Gauthier, Zouzou et Antoine attendent sur le quai de la gare. Les parents sont un peu crispés. Pour plusieurs d'entre eux, c'est la première séparation. Ils hésitent entre l'inquiétude et le soulagement. Une semaine à se demander ce que fait leur petit, une semaine à vivre libres, sans surveillance, sans obligation de soins. Tous les parents ressentent cela. J'essaie de le leur expliquer.

– Moi aussi, quand mes enfants s'absentent, j'ai cette impression de soulagement et de culpabilité. Profitez bien de cette semaine-là. Vous en avez autant besoin qu'eux !

L'organisation de ce voyage a commencé dès le début de l'année. Une classe de CM1, en montagne, voulait bien recevoir des enfants. L'institutrice ne s'attendait pas aux nôtres. Elle aurait préféré une classe de même niveau que la sienne, avec les mêmes préoccupations. Nous avons donc demandé quels étaient les goûts et les centres d'intérêt de ses élèves, par lettre écrite en braille, que nous traduisions en dessous. L'institutrice nous a alors demandé un alphabet braille pour apprendre à ses élèves à déchiffrer nos lettres directement.

Pendant des semaines de correspondance entre les montagnards et nos goyos, l'affaire s'est faite. Premier point positif : l'institutrice nous a expliqué qu'elle commençait à vaincre les problèmes de lecture de ses élèves les plus retardés scolairement grâce à l'apprentissage du braille, chacun s'étant pris au jeu devant tous ces petits points alignés. Ils trouvaient mystérieux et enthousiasmant de déchiffrer ce code secret.

Alors qu'au début nous sentions une réticence, maintenant, je sais que nous arrivons en sympathie.

Train couchette et organisation de la nuit. Petit Émi est excité, Dovit lui colle un Walkman sur les oreilles pour le bercer de musique. Il aime. Gauthier se balance au rythme des roues. Plume-Plume rassure Alexandre, qui n'a jamais pris le train, jamais quitté sa famille, ne sait même pas ôter ses chaussettes ou enfiler sa veste. Le pauvre gosse est paumé, je me demande ce qu'il va faire sur une luge...

Zouzou est calée dans les bras de sa maman, Antoine contre moi. Il a décidé qu'il ne s'endormirait qu'avec moi :

– Pour une fois que ton mari n'est pas là...

Le matériel de sondage est à portée de ma main. Même dans le train, il faudra renouveler l'opération toutes les trois heures.

Dovit ne ferme pas l'œil de la nuit, moi non plus. Nous passons notre temps à tirer des plans sur la comète, pour la descente du train. Le père de Zouzou se chargera d'Antoine, nous de son fauteuil roulant, pour l'y installer en premier. Ensuite, nous ferons venir les enfants un par un près de la porte, l'une de nous sur le quai, l'autre en haut des marches. Le conducteur est prévenu, le train ne repartira pas avant que tout ce petit monde soit en sécurité sur le quai.

Nous y sommes.

Et la semaine est formidable. Le premier jour, grâce à Bernadette, l'institutrice, tout est organisé au quart de poil. Les enfants passent la journée à l'école, et dans les familles de leurs correspondants. On nous les rend pour la nuit, un chalet nous ayant été attribué.

Le premier contact entre les gosses est étonnant. Les petits correspondants ont mis des foulards sur leurs yeux pour tenter de se mettre dans la peau des autres. Le « jeu » consiste à essayer de reconnaître des objets par le simple toucher. Aucun ne résiste plus de quelques minutes. Un petit gamin de neuf ans fond brusquement en larmes au bout de quelques secondes.

Nous recommençons l'expérience à la cantine. Là, le jeu est plus gai. Sauf pour les personnes chargées de nettoyer derrière nous !

Le deuxième jour, les petits montagnards apportent des luges. Chaque équipage est formé d'un voyant et d'un non-voyant. La piste est en pente douce. Le petit Yves pleure de joie. Antoine est si heureux qu'il hurle avant même d'arriver en bas :

– Encore, Mujo ! Encore !

Sa luge a versé deux fois, et il riait si fort que je me suis précipitée en croyant qu'il pleurait. L'album de photos est déjà bien rempli.

Le troisième jour, Bernadette nous emmène au magasin de ski. Tout le monde est chaussé, sauf Antoine, bien entendu.

Gauthier se débat comme un beau diable et lance des coups de pied dans tous les sens, mais Bernadette tient bon.

Au bas de la piste, les moniteurs nous attendent. Ils ont annulé leurs cours pour l'après-midi. Ils installent les gamins dans les « œufs », pour les faire monter jusqu'en haut. Puis, les tenant bien calés contre eux, coincés entre leurs jambes, ils entament la descente à ski.

Les enfants sont extasiés. André, le plus grand des moniteurs, se charge d'Antoine. Il le pose dans son sac à dos, bien ficelé contre ses épaules, les deux petits bras passés autour de son cou, et il glisse sur la piste. Lorsqu'il me le rend en bas, les yeux brillants, il dit gentiment :

– Je n'ai jamais eu une écharpe aussi douce...

Mon trésor a ressenti l'émerveillement de la glissade silencieuse sur la neige blanche qu'il n'a peut-être jamais vue. Ses grands yeux bleus rivés vers le ciel, le nez au vent, il a connu la merveilleuse liberté défendue. Sans jambes et sans regard, il a skié !

Le retour dans le train, la tête pleine de souvenirs, de sensations, de multiples et différents bonheurs... Dovit et moi, nous sommes largement récompensées de la bagarre que nous avons livrée pour obtenir cette échappée libre en montagne.

Redescente organisée sur le quai. Chacun s'embrasse, les parents rient, les enfants babillent, voulant tout raconter à la fois. Je rends Antoine à ses parents.

Le vide. Les bras vides. L'impression qu'il me manque quelque chose. J'ai pris l'habitude et le bonheur de le porter, de lui montrer, de lui raconter, de lui expliquer à chaque pas la couleur et le sens des choses. Le rendre à sa mère me démunit brutalement.

Je l'entends crier, à l'autre bout de la gare :

– À lundi, Mujo ! À lundi !

– À lundi, mon cœur...

La cour des miracles

Ce matin, tandis que nous mettons les autres au travail, Gauthier se plante au milieu de la classe, balance très fort ses bras en avant, et lance d'une petite voix claire et sonore :

– Alors, l'heureuge ?

Dovit et moi, nous nous retournons d'un bloc. Pas d'erreur, il n'y a que lui derrière nous. Il a le sourire fendu d'une oreille à l'autre et, visiblement, il attend une réaction.

– Alors, l'heureuge ?

Je ne suis toujours pas revenue de ma surprise. Dovit m'explique rapidement :

– Hier soir, il y avait un film avec Aldo Maccione à la télé. Il sortait ça toutes les deux minutes. À tous les coups, il l'a entendu...

Puis elle se précipite vers Gauthier, lui attrape les deux mains, et l'entraîne dans une gigue endiablée. À tour de rôle, ils répètent : « Alors, l'heureuge ? » Gauthier rit comme un fou.

Nous entrons tous dans le jeu et l'applaudissons à tout rompre, Antoine, Guillaume, Petit Émi, Bruno, et même Zouzou.

Pendant toute la matinée, Dovit emmène Gauthier faire le tour des classes. Elle le présente à tout le monde :

– C'est notre nouveau Gauthier, un grand garçon qui parle. Qui parle même très bien.

Et, chaque fois, Gauthier répète sa phrase, rit, s'applaudit.

Antoine, lui, joue du synthétiseur de mieux en mieux. Nous sommes en mai, il a eu six ans au mois de mars, et j'ai décidé de le présenter à son premier concours de musique. À ce sujet, mes rapports avec sa mère se sont envenimés. Je voulais que son père le présente sur la scène le jour du concours, pour qu'il se sente en sécurité. Mais il n'a pas voulu. Cette histoire de concours l'impressionne, il a peur de se montrer. Je refuse de comprendre, et j'insiste auprès de la mère d'Antoine :

– Si Marc n'accepte pas, fais-le, toi !

– Je ne connais rien à la musique. Encore moins au synthétiseur.

Elle marque un petit temps d'arrêt, puis elle me regarde.

– Vas-y, toi ! Va te faire mousser un peu !

Je prends la réflexion en plein cœur, sans répondre. Mais sans avaler non plus.

Et le jour arrive. Sébastien participe au concours, mais en troisième année. La salle est pleine à craquer, le jury installé sur la scène, tout au fond. Dix personnes, dix petits juges assis en demi-cercle, l'air attentif et sévère, le nez plongé dans les dossiers des concurrents. À gauche, sur une grande table, les petites boîtes renfermant les médailles de bronze, d'argent et d'or, ainsi que des coupes soigneusement alignées par ordre de grandeur, donc de mérite. Au bas de la scène, quatre techniciens chargés d'enregistrer les prestations des concurrents. Cela vous a un air très officiel, très concours de conservatoire. C'est impressionnant, mais Antoine, lui, ne voit rien de tout cela. Il est tranquillement assis sur les genoux de son père. Mon fils l'aperçoit, et l'interpelle :

– Salut ! Tu m'as gardé une place ?

Nous nous approchons, et j'entends Antoine, soulagé, murmurer :

– Ah, Mujo ! J'avais peur que tu ne viennes pas !

– Je t'ai dit que je venais, je suis là, il ne fallait pas avoir peur. Ça va ?

– Ça va. C'est papa qui va pas. Il n'a rien mangé hier soir. Il a le trac, et mal à l'estomac. Il a peur que je me trompe.

Sébastien, qui a le trac aussi, en rajoute :

– J'ai un peu mal au ventre, moi aussi.

Je calme tout le monde. Pas de trac, personne ne va se tromper, il faut faire silence, le premier candidat monte sur scène.

Antoine ne résiste pas à l'envie de faire un commentaire :

– Il s'est trompé !

– Chut !... On ne parle pas pendant le concours, tu vas gêner les autres.

Plus bas :

– Mais je te dis qu'il s'est trompé !

– Chuttt...

Dès la fin du morceau, Antoine, juge intraitable, réaffirme :

– En tout cas, il s'est trompé !

Lorsque arrive le tour de Sébastien, il se tait instantanément. Sébastien s'en tire très honorablement. Un peu timide au début, il prend de l'assurance et exécute son morceau sans erreur et sans hésitation. Antoine est surexcité, il voudrait connaître le résultat tout de suite. Ce défilé musical lui paraît interminable, et, lorsque vient son tour de monter sur scène, il bondirait s'il le pouvait. Son père est livide :

– Je sors, je ne peux pas rester.

Les deux bras enroulés autour de mon cou, Antoine répète :

– On y va ! On y va !

Brutalement, je fais rasseoir son père :

– Tu restes ici ! Fais-le pour lui.

Marc reprend sa place, tandis que j'avance vers la scène, Antoine dans les bras. J'entends de-ci de-là les chuchotements, je perçois les regards étonnés :

– C'est vrai qu'il est aveugle ?

– Il ne marche pas...

– Le pauvre !

Les murmures s'estompent tandis que j'installe Antoine sur son tabouret, en lui soufflant à l'oreille :

– Ne commence pas avant la clochette !

Le président du jury me fait signe de

m'écarter. Je fais non de la tête. Il est hors de question de laisser Antoine tout seul en équilibre sur ce banc. Il n'est calé d'aucun côté. Les mains sur le clavier, il ne peut se raccrocher à rien et pourrait tomber à chaque instant. Je reste debout derrière lui pour lui servir d'appui, de regard, de souffleur :

– Attention, la clochette ne va pas tarder !

Au petit bruit aigrelet du signal de départ, une grosse boule se loge sournoisement dans ma gorge. Mon estomac se creuse abominablement. C'est comme une houle intérieure, une vague d'angoisse, une marée de trouille. Le vertige, la panique brutale.

Antoine n'est pas un concurrent comme les autres. En l'installant sur cette scène, je joue beaucoup plus que le simple morceau qu'il va exécuter. C'est moi qui l'ai amené jusque-là, je voulais que ses parents soient fiers de lui, pour compenser tous les malheurs, toutes les difficultés qu'ils ont à l'élever. S'il échoue, ce sera une déception, non seulement pour lui, mais pour eux. Pourquoi, mais pourquoi ai-je fait cela ? En une seconde, je remets tout en question. Moi d'abord. Ma responsabilité. Mon amour démesuré pour cet enfant qui n'est pas le mien. Un amour que sa mère supporte de plus en plus mal, sans pouvoir le contester, ni le remettre clairement en cause. Elle ne peut pas, puisque c'est pour Antoine, puisque j'agis pour son bien, pour en faire quelqu'un que l'on puisse admirer, féliciter, pour l'aider à surmonter son terrible handicap, lui donner du bonheur. Je suis donc intouchable. Et cette responsabilité m'apparaît soudain monstrueuse, énorme.

Mon Dieu, j'ai si peur.

Dans la salle le silence est total. Le public est entièrement concentré sur la petite forme fragile que je maintiens sur son siège.

Antoine disparaît presque complètement derrière l'instrument. Il retient son souffle, tandis que les doigts agiles volent sur le clavier. Les notes s'élèvent, claires, légères, mais je les entends à peine, comme dans un brouillard. Antoine penche la tête de côté comme pour mieux s'écouter. La bouche entrouverte, le sourire aux lèvres, il est ailleurs, transporté par la musique. Et je crois bien que le public l'est aussi.

C'est long, si long, cette épreuve. Mon corps s'est raidi, alors que je sens le sien souple, relâché. Il ne tient que par le bout des doigts sur le clavier.

Mon bébé est une personne, une vraie, indépendante de moi, de son père recroquevillé sur sa chaise, de sa mère qui regarde au plafond. Il est lui, Antoine, un petit musicien magique, heureux.

Les dernières notes, lentes et bien détachées, résonnent dans la salle silencieuse. Les petits doigts se détachent avec délicatesse du clavier, papillons de douceur.

Antoine se retourne et me tend les bras. Je le serre contre moi.

Je ramène mon trésor sans trop savoir par où traverser la scène et rejoindre notre place. Dans la salle, le public s'est levé et applaudit à tout rompre.

Le président du jury toussote pour s'éclaircir la voix :

– Mesdames et messieurs, nous vous rappelons que les applaudissements sont interdits pendant le concours.

Marc a repris ses esprits. Anne a le regard brillant. Je dépose Antoine sur les genoux de son père.

– J'ai bien joué, papa ?

Il n'obtient pas de réponse. Un signe de tête ne peut pas être une réponse pour lui. J'ébouriffe un peu sa tignasse blonde, en chuchotant :

– Il faut attendre la réponse du jury.

Enfin, c'est la lecture du palmarès. Dans chaque catégorie, on remet d'abord les encouragements aux enfants qui ont eu le trac – puis les médailles de bronze –, puis celles d'argent. Antoine ne tient plus en place :

– Alors ? Combien il y en a, des médailles d'or ? Je vais en avoir une, tu crois ?

Sébastien a sa récompense, une plaquette, dont il est très fier.

Dans la catégorie d'Antoine, toutes les médailles et les plaquettes d'or ont été distribuées, et il commence à bouder. Il a peur d'être oublié.

Il est le dernier nommé et pour cause :

« Premier prix avec coupe, 97 % des points et félicitations du jury. »

Il m'attrape par le cou :

– J'ai gagné ! Il faut y aller, Mujo !

– Pas cette fois, mon chéri. Cette fois, c'est au tour de papa. Moi, je rentre avec Sébastien.

Je décroche les bras d'Antoine et prends Sébastien par la main :

– Allez viens, bonhomme. Pour nous, c'est l'heure.

Près de la porte, je m'arrête un instant pour voir Antoine monter sur scène dans les bras de son père. Marc grimpe lentement les marches. Le silence se fait dans la salle. Il prend la main d'Antoine, l'approche de la coupe que lui tend le président du jury.

Les deux petites mains explorent l'objet, la voix claire demande :

– Elle est grande, papa ?

– Oui.

– Elle brille ?

Je n'entends pas la réponse qu'il lui murmure à l'oreille. Mais je vois briller les larmes sur ses joues quand il redescend les marches sous les projecteurs.

Vingt, Mujo... Vingt, Antoine...

Budgétairement parlant

Madame C., inspectrice adjointe de l'Éducation nationale, escortée de monsieur L., inspecteur adjoint d'académie, entre dans la classe des goyos.

Gauthier se balance en chantonnant « Adieu foulards, adieu foulards »...

Il a raison.

Bruno regarde de l'autre côté de sa tête, là où il n'y a plus rien à voir.

Il a raison.

Antoine tourne ses deux yeux bleus et morts en direction des oiseaux de mauvais augure dont il a senti la présence.

Il a raison.

Zouzou ne bave pas, elle écoute les pas menaçants.

Elle a raison.

Petit Émi tape dans les côtes de Guillaume.

– Il y a quelqu'un.

Il a raison.

Il y a deux quelqu'un. Des quelqu'un administratifs, au langage de bois. La quelqu'une parle en premier.

– Je suis désolée de vous l'annoncer de cette façon, mais je n'ai pas le choix. À compter de la rentrée prochaine, votre poste est frappé d'une mesure de fermeture. Il y a des nécessités administratives. Nous devons rendre cette année onze postes budgétaires.

– Qu'est-ce que vous dites ? Je ne comprends pas.

– J'ai des établissements à vingt-sept ou trente élèves par classe. Ici, vous en gérez six... Budgétairement parlant, ce n'est pas rentable.

– Pas rentable ?

Dovit a les larmes aux yeux. Les enfants sentent qu'il se passe quelque chose de grave et le silence est total, rythmé par le seul balancement de Gauthier.

Blême de colère, je répète :

– Pas rentable ? Mais si vous fermez cette classe, qu'allons-nous faire des enfants ? Les autres, les vingt-sept ou les trente, rentables, eux, vous pourrez toujours les coller dans d'autres classes, quitte à les surcharger un peu plus. Mais eux ? Ils ne peuvent pas être intégrés ailleurs ! Regardez Gauthier... Il a six ans, il est aveugle profond. Quand il est arrivé, il ne parlait pas, aujourd'hui il commence à s'exprimer. Au début, il hurlait et refusait de manger. Maintenant, il est calme et il mange. Pour les parents, c'est énorme, ce progrès. Nous ne faisons pas de miracle, mais si vous fermez cette classe, vous savez où il ira, Gauthier ? En hôpital psychiatrique.

– Je suis désolée, le problème n'est pas là...

– Oh si, il est là ! Vous avez déjà visité un hôpital psychiatrique ? Moi, oui. Vous savez ce que j'y ai vu ? Une petite fille de six ans à peine attachée à un radiateur, par terre. L'infirmière lui administrait des pilules pour qu'elle dorme, pour qu'elle n'embête pas les autres avec ses problèmes. Elle m'en a raconté, cette infirmière... La pauvre, elle fait ce qu'elle peut, mais elle voit tant de choses horribles... Moi, je suis ressortie de là en courant ! Alors si vous voulez que Gauthier y entre, d'accord ! Fixez la date, et allez le conduire vous-même !

– Vous tenez des propos parfaitement déplacés... Nous sommes ici, l'inspecteur et moi, pour régler une situation administrative, et non pour écouter des élucubrations.

– Moi, j'élucubre. Ça manque à vos dossiers, ce genre de choses. Regardez ces deux-là, Guillaume et Petit Émi, treize ans tous les deux. Ils ne se sont jamais quittés depuis leur enfance. Ils sont aveugles tous les deux, ont une scolarité d'enfants de cinq ans... Ils ont commencé à apprendre le braille. Vous allez les séparer ? Les mettre dans un centre, chacun de son côté ? Les couper de leurs familles ? Bravo !

– Je vous en prie, madame...

– Et Marion ? Vous voulez que je vous raconte ? Vous pensez à l'angoisse de ses parents ?

– Soyez raisonnable. Nous ne pouvons pas, budgétairement parlant, faire un choix en votre faveur. D'un côté, nous avons vingt-sept élèves qui ont un avenir devant eux, et...

– Et leur avenir, à eux ?

– Je suis désolée. Je n'ai pas d'autre argument. Je n'ai plus de poste à vous donner. Il faudra étudier le problème de la répartition des enfants. En temps voulu. Avertir les parents, et faire au mieux.

– Avertir les parents ? Si c'est la seule réponse que vous avez à leur donner, vous les avertirez vous-mêmes. Pas moi.

L'inspecteur n'a rien dit, l'inspectrice a parlé. Ils s'en vont, furieux de mon comportement, de ma colère toute rouge, de mon insolence, de ma rage, de ma peine aussi.

« Budgétairement parlant... » Budgétairement parlant, nous ne sommes pas rentables, Dovit et moi. Nos enfants encore moins. Dovit se mouche bruyamment. Elle passe la matinée et l'après-midi à se moucher.

Je repense à mon début de saison au pays des enfants aveugles. À ma peur, à ma presque fuite, puis à tous les efforts, et à toutes les joies, surtout, que ces enfants-là m'ont apportées. Mes goyos, à moi. Mes pas rentables à moi.

Antoine, mon trésor. Pour lui, nous trouverons une solution. Il peut être scolarisé dans la classe d'à côté avec les autres. Il y a parfaitement sa place, maintenant. Mais sans moi.

« Adieu foulards, adieu madras », chante Gauthier.

Dernière réunion. Contrairement, à ce que j'ai hurlé, je tiens à avertir moi-même les parents. Le directeur de l'établissement est présent. Comment s'y prendre ? Trancher immédiatement dans la plaie, c'est le mieux.

Pour Antoine, c'est réglé. Pour les deux Guillaume, l'inspectrice propose de les envoyer à Paris, sous prétexte qu'ils sont trop grands maintenant pour rester dans une école primaire, et qu'une institution spécialisée leur ferait le plus grand bien.

– Mais ils n'ont jamais été séparés !

– Je sais. Il paraît que c'est un tort, et que la vie en collectivité leur apprendra l'autonomie.

Bruno, lui, est purement et simplement renvoyé chez lui. Il mesure plus d'1,65 mètre, et pèse au moins 70 kilos, il est vrai que chaque crise d'épilepsie nous pose un problème. On peut admettre que c'est le seul cas justifié. Les parents baissent la tête. La ferme va retrouver son jardinier maladroit. Jusqu'à ce qu'il ne puisse plus traîner un râteau derrière lui.

Mais pour Marion et Gauthier, c'est plus dur. Les deux mamans me fixent avec douleur. Elles voient s'effondrer tout ce qu'elles avaient espéré depuis quelques mois.

– On nous fait bien comprendre que leur place n'est plus ici et qu'ils doivent essayer l'école de leur village ! On nous a dit et redit que nous n'étions pas suffisamment spécialisées pour eux et qu'ils doivent être encadrés par une équipe. Où ? Dans leur village ? À l'H.P. ?

La maman de Gauthier explose :

– Il n'ira pas en psychiatrie ! Il a progressé, il mange, il ne crie plus à la maison. Quand il rentre de la classe, il est calme, il chantonne, il joue à la balle avec ses frères et sœurs. Il n'entrera jamais à l'hôpital psychiatrique, ce serait sa fin. Il y hurlerait jour et nuit, et ils l'abrutiraient de médicaments.

La maman de Marion réagit avec détermination :

– Il faut se battre ! On ne peut pas les laisser faire. Il faut prévenir la radio, la presse...

Notre directeur intervient enfin :

– J'ai écrit à l'inspection d'académie. J'ai expliqué tout ce qui avait été fait à l'intérieur de cette classe, tous les efforts mis en œuvre pour tenter d'inculquer aux enfants les bases, les exercices préparatoires à la lecture, à l'écriture. J'ai rappelé tout ce qui avait été accompli pour leur épanouissement. J'ai donné des exemples pratiques et concrets. Mais j'ai bien peur que ces arguments n'aient pas pour l'académie la même portée que pour nous. Un enfant qui ne bave plus, un autre qui ne crie plus, deux qui commencent à lire, une autre qui marche... J'ai peur que tout cela ne change pas grand-chose.

Notre cas est désespéré, je le crains. « Budgétairement parlant » est un argument contre lequel tous les autres iront se cogner, petits pots de terre contre gros pot de fer. Nous aurons toujours la même réponse : « Un poste pour six gosses, ce n'est pas rentable. »

J'avais raison, malheureusement.

Les parents ont envoyé une lettre à l'académie, ils ont fait paraître des communiqués dans les journaux, ils ont fait le siège de l'académie. Sans résultat.

Comme dit Petit Émi : « Colère Mujo ! »

J'ai fait ma colère dans le bureau de l'inspectrice. Je l'ai presque insultée. Je me suis encore mal conduite, j'ai encore mal parlé... Elle est sortie de son bureau en claquant la porte.

Si j'insiste, non seulement je ne serai plus là l'année prochaine, mais je ne serai plus nulle part du tout.

Mes enfants étaient condamnés d'avance. Coupables de ne pas être rentables à ce jour. Coupables parce qu'il n'y a aucun espoir qu'ils le soient un jour. Coupables d'être aveugles, et handicapés divers. Coupables d'exister.

La saison est finie. Mon petit Jésus a grandi. Ce n'est plus un bébé aux boucles blondes, c'est un petit garçon qui va se rendre, à la rentrée prochaine, dans la classe de Plume-Plume. Sans moi. Il va progresser sans moi, grandir sans moi. Je ne le porterai plus sur mon dos, nous ne ferons plus d'escapade en Écosse, plus d'envolée en montagne. Plus de musique ensemble.

Il m'oubliera.

Quand on aime, il faut s'attendre à une part de bonheur et à une part de malheur. Mais on n'imagine pas qu'il y aura une fin.

Je ne me suis jamais posé la question, avant, de savoir combien de temps cela durerait. Nous allions partout ensemble, j'avais crée avec lui des liens différents. La musique, les vacances, les discussions. J'ai toujours essayé de lui apporter le meilleur, sans jamais songer au pire.

Aujourd'hui, le pire, c'est la séparation. Et c'est ma faute, mon erreur à moi. J'étais en danger d'amour. J'ai succombé. C'était un coup de foudre, une folie. Je n'ai pas réfléchi.

Va-t-il être malheureux ?

Moi, je le suis. Je le serai longtemps.

Si j'avais pu savoir... Plus jamais. C'est ma seule erreur, je ne la reproduirai pas. J'ouvrirai toujours ma porte, j'assumerai toujours, matériellement et moralement, les problèmes des enfants qui cherchent un refuge, une réinsertion, une aide, de l'affection, ou des coups de pied au derrière.

Mais je le ferai la tête froide. Du moins j'essaierai.

La tête froide, donc, je coche au hasard ma prochaine affectation. Par nécessité. Septembre me retrouvera ailleurs, dans une autre classe de délurés à problèmes, sans parents ou sans amour, sans foi ni loi, nous verrons bien.

Les histoires d'amour finissent toujours mal, paraît-il. Mais les souvenirs, eux, n'en finissent jamais.

Adieu foulards, adieu goyos.

On s'aimait tant.

Table des matières

Achevé d'imprimer en août 1993
sur presse CAMERON,
dans les ateliers de la S.E.P.C.
à Saint-Amand-Montrond (Cher)

Imprimé en France

Dépôt légal : août 1993
N° d'impression : 1955-1941

ISBN : 2-87645-186-7
50-63-5661-01